Film Pathé.

Bessie saisit la corde et se glissa par la trappe... il était temps.

L'HÉRITIÈRE DU RAJAH

★★

LE SECRET DE LA BAGUE DE JADE

CH. VAYRE ET R. FLORIGNI

L'HÉRITIÈRE DU RAJAH

GRAND ROMAN D'AVENTURES

abondamment illustré par les photographies du film Pathé

**

LE SECRET DE LA BAGUE DE JADE

CINÉMA-BIBLIOTHÈQUE
Éditions JULES TALLANDIER
75, Rue Dareau, PARIS (XIVe)

L'HÉRITIÈRE DU RAJAH

DEUXIÈME PARTIE

LE SECRET DE LA BAGUE DE JADE

CHAPITRE PREMIER

L'AMOUR ET LA BAGUE

Cette fois l'Aigle avait sagement agi en jetant une échelle de corde à Bessie, car, en admettant que, contrarié par le vent ou la vitesse de l'avion, il ne pût réussir à attirer à lui la jeune fille, elle pouvait du moins se hisser à l'aide des barreaux, avoir un appui pour ses pieds, et se maintenir jusqu'à ce que, hors de la portée de ses ennemis, l'avion pût atterrir.

Mais point ne fut besoin d'attendre jusque-là.

Bessie grimpa courageusement, insensible au vertige et à la crainte, et lorsqu'elle fut à hauteur de l'aviateur masqué qui avait surveillé avec anxiété tous ses mouvements, il l'aida à prendre place dans la carlingue à côté de lui, cependant que Dick Sleater poussait un grognement de satisfaction.

A peine installée Bessie eut comme une sorte de torpeur qui se prolongea quelques minutes.

C'était l'effet de la réaction

A présent que le danger était passé, la courageuse jeune fille se retrouvait femme et s'épouvantait du péril auquel elle venait d'échapper.

Quelques larmes jaillirent de ses yeux et c'est le sourire aux lèvres que, se retournant vers son sauveur, elle put lui adresser ses remerciements.

— Je vous dois la vie pour la deuxième fois, dit-elle... et cependant, chose étrange, je ne vous connais même pas... ou du moins, je ne crois pas vous connaître. Les hasards de la vie nous ont-ils déjà mis en présence l'un de l'autre ?... Vous seul pouvez le savoir, puisque, moi, je ne puis voir le visage de l'homme qui, par deux fois, m'a sauvée.

— Non... miss... vous ne me connaissez pas... vous ne m'avez jamais vu...

— Mais pourquoi ce masque ?

L'Aigle sourit, mais au lieu de répondre à cette question, il dit :

— Moi je vous connais depuis longtemps, miss Watson... je vous connais par votre photographie que je possède et qui m'a été donnée par quelqu'un qui, lui, vous connaissait bien...

— Ma photographie ?... Mais je ne l'ai jamais donnée à personne...

« C'est à New-York que ce portrait vous a été remis ?...

— Non, miss... dans les Indes anglaises...

— Dans l'Inde... fit Bessie stupéfaite, mais je ne connais personne qui habite ce pays...

L'aviateur n'insista pas.

Il prit une longue lunette d'approche et se mit à inspecter le panorama.

— Tous vos ennemis ont été facilement distancés, dit-il... à présent nous allons pouvoir atterrir...

— Et vous me conduirez ensuite à Dusty Bend ?...

— Pas du tout, miss Watson... Avez-vous oublié la lettre trouvée sous votre porte dans la 507e avenue, lettre signée l'Aigle ?...

— Et qui était de vous ?...

— Et qui était de moi... Je vous priais de venir à Dusty Bend pour y apprendre de curieuses révélations concernant cette bague de jade que vous portez à votre doigt...

— Quelles révélations ?...

— Tout à l'heure, miss Watson...

Il donna un ordre au pilote...

L'avion se dirigea vers le sol.

Bessie Watson regarda les deux hommes avec plus de confiance.

Ils lui faisaient l'effet de braves gens en somme, bien que l'un d'eux, avec son loup de velours noir sur le visage, lui causât une vague inquiétude.

Ce devait être un ami pourtant.

Par deux fois ne l'avait-il pas sauvée ?...

Elle n'eut pas le temps d'analyser ses sensations, l'avion doucement s'approchait du sol, roulait sur une vaste clairière où il s'arrêtait.

Sauté le premier hors de la carlingue, l'Aigle aidait aimablement Bessie à descendre, mais aussitôt, et sans que rien ait pu laisser prévoir ce changement d'attitude, il saisissait Bessie, lui ligotait les poignets, tandis que son pilote lui attachait un bandeau sur les yeux et lui mettait un bâillon sur la bouche.

Elle sentit qu'on lui liait aussi les jambes et que les deux hommes l'emportaient.

Se débattre dans de telles conditions eût été superflu.

Bessie n'y songea pas un instant.

Elle était d'ailleurs trop effarée, trop ahurie par ce qui lui arrivait.

L'étrange conduite de cet aviateur masqué déroutait toutes ses pensées, et lui troublait les idées à un point incroyable.

Jamais elle n'aurait pu supposer pareille chose !...

Etre sauvée, traitée avec la plus grande déférence, puis brusquement bâillonnée, ficelée et emportée comme un simple colis !

C'était incompréhensible.

Où la menait-on ?

A ceci la réponse était aisée et Bessie se douta que l'aviateur masqué et son pilote l'emmenaient dans leur repaire et que si on lui avait bandé les yeux, c'est afin qu'elle ne pût voir le chemin suivi.

Elle se rendait compte, néanmoins, qu'on gravissait une pente assez rude.

Le bâillon aussi s'expliquait.

C'était pour l'empêcher de donner l'éveil.

Mais pourquoi ne pas lui avoir demandé de garder le silence, pourquoi ne pas l'avoir priée de venir passer quelques instants dans leur « home » pour causer de cette mystérieuse bague ?

Bessie Watson n'aurait certes pas refusé de rendre visite à son sauveur.

Décidément, tout ceci la bouleversait.

Sa vie d'ailleurs depuis qu'elle était à Dusty Bend n'était qu'une suite d'événements extraordinaires et romanesques, d'enlèvements, de chevauchées, de dangers inconnus et d'incessantes menaces.

Ah ! il était loin le temps où chez Clarens elle se plaignait à son amie de la monotonie de leur existence, souhaitait une vie moins banale, plus mouvementée.

Elle voulait se sentir vivre, disait-elle.

Eh bien ! cette sensation lui était donnée, un peu trop rudement peut-être...

On était enfin arrivé...

Bessie se sentit déposer à terre, entendit ouvrir une porte, fut prise dans les bras d'un homme et enfin, posée sur un large divan, elle eut la satisfaction de se sentir débarrassée de ses liens, de son bâillon et de son bandeau.

— Ah ! dit-elle, allez-vous enfin m'expliquer ?...

— Les motifs des précautions que nous avons dû prendre... miss Watson ?...

« Est-ce bien utile, et n'avez-vous pas deviné que ce qui fait ma force, c'est le secret de cette retraite inviolable, ignorée de tous ?...

« Si vous révéliez ce secret, je ne pourrais plus vous secourir...

— Vous auriez pu obtenir de moi la promesse que je me tairais...

« Je tiens toujours mes promesses...

— Je le crois, miss, mais il peut se présenter telles circonstances où, croyant bien faire et me servir, vous soyez amenée à oublier cette promesse...

« J'ai voulu éviter cette tentation en vous empêchant de voir l'endroit où nous vous conduisions...

« De même, pour éviter qu'un cri vous échappât, je me suis vu contraint de bâillonner vos jolies lèvres ; et quant aux liens passés autour de vos jambes et de vos poignets, c'était pour nous permettre de vous transporter plus facilement.

« J'espère, miss Watson, qu'en faveur de l'intention vous voudrez bien nous pardonner ce que le procédé a pu avoir de désobligeant pour vous... »

Bessie se rendit à ces raisons.

L'aviateur était redevenu aussi courtois qu'avant.

Se fâcher eût été faire preuve d'un mauvais caractère.

Elle pardonna donc en souriant, tendit sa main à l'aviateur qui la serra non sans émotion.

Dick Sleater s'était retiré discrètement, pressé d'aller cacher l'avion dans le garage secret creusé au flanc de la montagne.

Bessie dit alors gaiement :

— Eh bien ! à présent que nous voilà seuls, mon cher gentleman Mystère, allez-vous me raconter quel troublant et fortuné secret est attaché à la possession de cette bague de jade ?

— Avant que je vous raconte tout ce qui a trait à cette bague, et que je vous dise par quel moyen elle vous assurera la fortune, permettez-moi, miss Watson, de vous poser deux questions ?...

— Interrogez...

— Que pensez-vous de ce chef hindou qui vous a enlevée ?

— Mais je pense que ce n'est pas un gentleman...

— Je m'exprime mal... je sais très

bien que vous ne pouvez approuver sa conduite et que vous lui gardez rancune de son geste audacieux, cela est trop naturel...

« Non, ce que je vous demande, c'est votre opinion sur lui, sur sa prestance, sur son physique enfin...

— Ah bien !... en ce cas, et en me plaçant à ce point de vue spécial, je suis obligée de convenir que cet Ali-Pendjed — c'est, je crois, son nom — est ce qu'on appelle généralement un beau garçon, et qu'il possède évidemment ces qualités physiques qui séduisent la plupart des femmes...

— Ainsi, dit l'Aigle d'une voix sourde, Ali-Pendjed vous semble séduisant et si vous étiez obligée de l'épouser...

— Moi, l'épouser ! J'aimerais mieux mourir ! dit Bessie avec indignation.

L'Aigle sourit.

— Voilà qui est fort bien et vous avez répondu à ma première question...

— Voyons la seconde, dit Bessie amusée.

— Eh bien ! miss, est-il vrai qu'un homme jeune... de mine sympathique... et qu'on dit être un détective soit votre fiancé ?...

— Non ! dit Bessie dont le visage s'empourpra en baissant les yeux.

— Mais... vous l'aimez ?...

— Ah ! dit Bessie vivement, ceci est une troisième question et je n'ai promis de répondre qu'à deux... Prenez garde, vous devenez indiscret, monsieur le gentleman masqué...

L'Aigle avait pâli, car il avait compris que Bessie aimait cet homme.

Le cœur de l'Aigle battit avec violence et la colère naquit en lui, soudaine, irrésistible.

— Puisqu'il en est ainsi, dit-il presque brutalement, vous allez me remettre cette bague de jade...

— Ma bague ?...

— Oui, et vous allez signer la déclaration que je vais vous dicter...

Il prit une feuille de papier, la glissa sous les doigts de Bessie Watson près de qui il avait approché une petite table...

— Moi, donner ma bague ?... à vous ?... moi signer... et quoi donc ?...

— Ceci :

« Je soussignée, Bessie Watson, dé-
« clare abandonner à l'Aigle tous les
« avantages attachés à la possession
« de la bague de jade. »

— Jamais je ne signerai cela ! Pourquoi ferais-je cette chose ? Pourquoi donner cette bague ?...

— Parce que, dit gravement l'Aigle, si vous ne signez pas ce papier, si vous ne me remettez pas cette bague, vous serez forcée de vous marier avec le possesseur de la seconde bague de jade, qui sera Ali-Pendjed...

« La fortune est à ce prix...

« Choisissez... ou, d'épouser celui que vous aimez...

« Ou de garder la bague et de devenir la femme d'Ali-Pendjed...

Bessie Watson, les lèvres serrées, considéra l'aviateur masqué dont le regard brillant affrontait la méfiance de ses beaux yeux.

Si Bessie avait pu lire dans le cœur de l'Aigle, elle aurait signé sans hésiter, car ce qu'il faisait était tout simplement sublime...

En prenant la bague de jade à Bessie, l'Aigle attirait sur lui toute la haine de l'Hindou dont il réduisait à néant les projets intéressés et en même temps il délivrait Bessie de la contrainte fatale exercée sur elle pour l'obliger à épouser Ali-Pendjed, ce faisant il la rapprochait de Justin Garret et favorisait son amour.

Mais Bessie ne put deviner cela.

Film Pathé.

L'Aigle s'avança, menaçant : « Haut les mains ! fit-il, ou je tire. » Terrifiés, les Hindous reculèrent, persuadés que l'aviateur précédait de peu les cow-boys.

Elle pensa :

— C'est pour arriver à posséder cette bague qu'il m'a sauvée...

« A cette bague est attachée une fortune...

« Cet homme ne voulait que la fortune et pour y arriver il a agi de façon à faire de moi son obligée...

« C'est bien, ma reconnaissance égalera les services rendus...

Sèchement elle dit :

— Dictez...

L'Aigle pensa :

— Comme elle aime le détective !

Bessie pensa :

— Comme il est intéressé !...

D'une voix blanche, il dicta :

— Je soussignée, Bessie Watson...

La jeune fille, méprisante, écrivait.

Ayant fini, elle signa, arracha la bague de son doigt, la posa sur le papier et, hautaine, dit :

— A présent suis-je libre ? Ai-je suffisamment payé vos services ?...

L'Aigle eut un geste violent d'indignation.

Il allait répondre, s'expliquer lorsqu'un bruit insolite frappa son oreille.

Il courut à la fenêtre, blêmit.

— Mon repaire est découvert ! fit-il. Les Hindous sont là...

« Ils montent... entourent de toutes parts cette maison...

— Nous sommes perdus ! dit Bessie...

— Moi, peut-être... vous, non... dit simplement l'Aigle.

Et il barricada la porte.

CHAPITRE II

L'HINDOU MARQUE UN POINT...

Dick Sleater avait eu raison lorsqu'il avait dit à son maître que le passage secret qui conduisait à leur repaire devait être connu des Hindous, puisqu'il avait relevé des traces de pas de ceux-ci près de la paroi mobile faite de branchages, qui se confondait avec la futaie voisine et qui masquait l'entrée du fameux passage.

Et si, jusqu'ici, les Hindous n'avaient pas utilisé leur découverte, c'est qu'ils n'avaient aucun motif d'aller troubler la sécurité de l'Aigle.

Mais lorsque Ali-Pendjed eut vu l'aviateur lui enlever Bessie, il se jura de prendre immédiatement sa revanche.

Il ne perdit pas son temps à suivre avec ses serviteurs le vol de l'avion pour savoir en quel lieu il allait atterrir.

Ali-Pendjed se doutait que les aviateurs et la jeune femme, tôt ou tard, iraient se cacher dans cette maison qu'ils croyaient ignorée de tous...

C'est là que l'Hindou résolut d'aller trouver son adversaire.

Abandonnant le train avec ses voyageurs affolés, Ali réunit ses hommes, disparut de son côté, tandis que Dugan rebroussait chemin, se demandant par quel moyen mettre la main sur Bessie pour la forcer à dire où étaient cachés les diamants.

Et le chef du Double-Cercle se consola en se faisant la judicieuse réflexion suivante :

— Ou Bessie Watson enlevée par l'aviateur sera reprise par les Hindous qui pourraient bien faire passer à cette remuante personne le goût des aventures et l'envoyer dans l'autre monde, auquel cas je perdrai mon temps et ma peine à courir après elle ; ou bien, sauvée par cet avion, échappée aux Hindous, elle reviendra à Dusty Bend rejoindre son ami le détective, et alors je trouverai bien le moyen de me débarrasser de ce particulier pendant quelque temps et de faire jaser miss Bessie...

« Donc le mieux est d'attendre, sans rien brusquer, les événements.

« Le plus difficile sera de faire patienter notre grand chef...

« Cette diablesse de Rosa Brock est une femme supérieure qui a le génie des affaires, mais qui a le tort d'être trop nerveuse et impulsive.

« Ah ! les femmes ! les femmes !

Tandis que Dugan monologuait en regagnant Dusty sans se presser, les Hindous galopaient à bride abattue vers le repaire de l'Aigle.

Nous disons qu'ils galopaient, car ils avaient en effet retrouvé leurs chevaux.

Ces magnifiques bêtes, admirablement dressées, après avoir un instant vagabondé, s'étaient toutes rassemblées à l'orée d'un bois et paissaient tranquillement en attendant le retour de leurs maîtres.

Quelques coups de sifflet longuement modulés leur firent dresser l'oreille et d'un commun accord, sans hésitation, ils se dirigèrent vers l'endroit d'où partait ce signal familier.

Le cheval d'Ali-Pendjed, que Bessie avait laissé en liberté après s'en être servie et qui avait aussitôt rejoint les autres chevaux des Hindous, se mit à galoper à leurs côtés.

Quelques instants à peine après le signal qui les appelait, ils étaient rangés en bon ordre, comme des chevaux intelligemment dressés, devant leurs maîtres.

Les Hindous arrivèrent au pied de la montagne une demi-heure environ après Bessie.

Avec la prudence qui caractérise leur race, ils escaladèrent sans bruit les rocs escarpés, n'avançant que très lentement, se dissimulant derrière chaque buisson, chaque aspérité du sol.

Ils auraient certainement surpris l'Aigle et sa prisonnière si un maladroit n'avait fait rouler sous ses pieds une pierre, qui, en dégringolant avec fracas, avait éveillé l'attention de l'Aigle et l'avait attiré à la fenêtre.

A présent la surprise était impossible.

Aussi, dédaignant de continuer à se cacher, les Hindous sur l'ordre de leur chef bondirent vers la maison en poussant des cris sauvages.

L'Aigle ayant barricadé la porte souleva une trappe placée dans le milieu de la pièce, tendit à Bessie un paquet de cordes et lui dit :

— Attachez la corde à l'un des piliers qui sont sous la maison et laissez-vous glisser jusqu'au bout de la corde... Un sentier vous conduira jusqu'à une muraille de feuillages... Passez cette porte mobile et tournez à droite où vous trouverez le chemin qui conduit à Dusty Bend...

« Vite, ils sont à la porte...

En effet, des coups furieux retentissaient.

Bessie se glissa par la trappe, s'accrochant aux poutres transversales, qui, reliées à d'épais piliers de bois, soutenaient cette maison primitive.

Au-dessus de sa tête, la trappe retomba avec un bruit sourd.

L'Aigle la recouvrit d'un tapis, alla prendre sur la table la déclaration de Bessie qu'il jeta au fond d'un tiroir, passa à son doigt la bague de jade et se décida à aller ouvrir.

Il était temps... la porte allait être enfoncée...

Les Hindous se ruèrent, Ali-Pendjed en tête...

— Que voulez-vous ? dit l'Aigle.

— La jeune fille que tu as enlevée, dit Ali-Pendjed.

— Elle n'est pas ici...

— Tu mens...

— Fouille la maison...

Irrité par le calme de l'Aigle, Ali-Pendjed le prit à la gorge tandis que les Hindous fouillaient la maison, renversant les quelques meubles, lacérant les tapis.

Ali-Pendjed eut un éclat de rire subit, un rire de triomphe.

En se débattant contre lui, l'Aigle avait saisi de ses mains les mains d'Ali et ce dernier venait de voir briller au doigt de l'aviateur la bague de jade.

— A moi ! dit-il.

Les Hindous accourus se saisirent de l'Aigle et le maîtrisèrent, permettant à leur chef d'enlever du doigt de l'Aigle écumant de rage la fameuse bague qu'il avait contraint Bessie à lui remettre.

Ali-Pendjed mit la bague à son doigt et il se disposait à demander à l'Aigle comment il se faisait qu'il était détenteur de ce joyau qui ne lui appartenait pas lorsque l'un des Hindous s'écria :

— Un passage !

En retirant le tapis, il venait de découvrir la trappe.

Ali, abandonnant l'Aigle toujours maintenu par deux hommes, alla soulever la trappe, se pencha.

Attachée à un pilier il vit une corde qui lui sembla fortement tendue.

— Bessie Watson est en train de fuir par là... Vite, qu'on la suive... qu'on prenne le même chemin...

Deux Hindous passèrent par l'ouverture béante, se cramponnèrent aux poutres, atteignirent le pilier.

A cet instant la corde se détendit.

Bessie était sauvée...

Au prix des plus grands efforts, se déchirant aux aspérités, se meurtrissant contre des talus qui s'éboulaient sur elle, la couvrant de cailloux et de pierres, elle avait effectué sa descente dangereuse et à présent elle courait vers le passage secret.

L'imprudence des Hindous qui, avant d'assiéger le repaire de l'aviateur, avaient caché derrière le feuillage mobile leurs chevaux sans laisser personne pour les garder, favorisa la fuite de Bessie.

Elle vit le cheval d'Ali-Pendjed qu'elle avait précédemment utilisé, alla vers lui et l'enfourcha aussitôt.

Franchissant la porte de branchages, Bessie partit, talonnant les flancs du cheval, lui faisant prendre un galop rapide.

Il n'était que temps.

Les deux Hindous venaient à leur tour d'atteindre le sol et couraient vers l'entrée du passage.

Poursuivre Bessie ?...

Ils n'étaient que deux et n'osèrent pas.

Accoutumés à l'obéissance passive, incapables d'initiative, ils remontèrent aussi vite qu'ils le purent informer Ali-Pendjed.

L'Hindou réfléchit un instant.

— Attachez celui-ci solidement à un arbre, dit-il en désignant l'aviateur, et surveillez les environs jusqu'à ce que la jeune fille revienne...

« Peut-être ne reviendra-t-elle pas aujourd'hui, car c'est la fin du jour, mais, demain, je suis certain qu'elle tentera de délivrer cet homme.

Les Hindous obéirent.

Ils se saisirent de l'aviateur masqué et le lièrent consciencieusement à un arbre d'une respectable solidité. Impassible, l'aviateur se laissa faire, jugeant toute résistance vaine et comprenant que des menaces ne pourraient qu'aggraver son cas.

Il attendit avec résignation et aussi confiant en son étoile que le dieu des hasards abaissât sur lui son sceptre magique.

CHAPITRE III

UNE NUIT DE REPOS

Justin Garret était retourné à l'hôtel Watson fort inquiet sur le sort de Bessie, ne sachant de quel côté diriger ses recherches.

A l'hôtel il avait tenu conseil avec Tom et Nick et aussi Bout d'Homme qui, remis de sa griserie et renseigné par son chef, avait à présent les idées assez lucides pour suivre une discussion.

D'un commun accord il fut décidé que l'on se reposerait jusqu'au lendemain, les hommes et les chevaux étant fourbus.

— Nos recherches dans la nuit, dit le détective, n'aboutiraient à rien, et au fond je suis persuadé que miss Watson entre les mains de son sauveur court moins de risques qu'aux mains des Hindous ou même si elle était prisonnière de la bande de Dugan.

— A propos de Dugan, dit Nick, il se passe une chose curieuse au Dance Hall...

« Je viens d'apprendre à l'instant par ce cow-boy-ci — il désignait un de ses camarades — que Dugan, qui était rentré peu après nous avec ses hommes, avait subitement disparu...

« Il n'y a plus que quelques hommes de sa bande qui boivent dans la grande salle...

Justin Garret fronça les sourcils.

— Et la femme qui était avec lui ?

— Celle qu'ils appellent Rosa Brock ?... Je ne l'ai pas vue...

Le détective murmura :

— Où diable peuvent-ils être ? Quel nouveau coup préparent-ils ?

— Mon avis, dit Tom, c'est qu'ils sont tous en train de se reposer...

« La nuit a dû être dure et le jour aussi... Tout le monde est effroyablement fatigué...

« Je ne crois pas que Dugan tente quelque chose aujourd'hui...

« Ce démon a beau être animé par la méchanceté, il n'a pas un corps de fer et il est comme nous soumis aux fatigues et a besoin de dormir...

La discussion fut interrompue par l'arrivée inattendue d'un homme noir de la tête aux pieds, le visage barbouillé de poussière de charbon et qui, en entrant, s'écria :

— Ah ! il n'y a ici que des amis, tout va bien...

« Je n'osais pas sortir de la cave, croyant ma maison — mon ancienne maison — aux mains des bandits de Dugan...

Un éclat de rire formidable accueillit le malheureux Soria.

L'ex-patron de l'hôtel, déconcerté, s'excusa :

— Ce n'est pas par peur que je m'étais caché... Je voulais surveiller Dugan en votre absence... écouter ce qu'il dirait pour vous en rendre compte...

« Et je serais resté courageusement à mon poste si la faim ne m'en avait fait sortir...

« Je meurs d'inanition et de soif...

« Tiens, miss Watson n'est pas avec vous ?

— Non, dit Justin qu'écœurait la poltronnerie de Soria... Mangez... buvez et allez vous coucher... Votre place n'est pas parmi les braves garçons qui sont ici et sont tous disposés à secourir celle qui vous a protégé contre vos ennemis et que pas une seule fois vous n'avez eu le courage de défendre...

— Le courage... le courage... gémit Soria, j'en ai autant que vous tous...

« Seulement il ne me vient pas en même temps qu'à vous...

« C'est pour ça que je ne peux pas m'en servir...

« Vous ne me croyez pas et c'est cependant la vérité. Vous, vous avez du courage en présence du danger, moi c'est après... dès que le danger a disparu...

« A ce moment-là, je ferais, j'en suis certain, de grandes choses, j'accomplirais des exploits terrifiants, si je ne me rendais compte que ce serait parfaitement inutile !

« Alors je préfère rester tranquille et vous ne comprenez pas toute la valeur de mon calme apparent !

Tom impatienté prit Soria épouvanté par les épaules et le poussa vers la cuisine.

— Allez manger, imbécile, et laissez-nous tranquilles...

Soria poussa un hurlement de douleur et disparut.

— Mes amis, dit Garret, allez vous reposer... vous l'avez mérité...

« Si quelque incident nouveau survenait, Tom et Nick qui restent ici iraient vous prévenir, faire appel à votre amitié...

Les cow-boys s'engagèrent à venir dès qu'on les appellerait et se retirèrent après avoir absorbé quelques boissons rafraîchissantes telles que gin, whisky, porter, pale-ale et rhum que Tom et Nick leur servirent gracieusement, affirmant que c'était sur l'ordre de la patronne...

Une demi-heure après, l'hôtel Watson était à peu près désert.

Les clients étaient rentrés chez eux et Nick dormait derrière le comptoir, tandis que Tom somnolait sur une chaise.

Justin Garret était monté dans sa chambre et s'y promenait, pensif, inquiet de la tournure que prenaient les événements, songeant à Bessie, se demandant de quelle façon il allait pouvoir enfin prendre en flagrant délit Dugan et sa bande.

Un pas qu'il connaissait retentit dans le corridor.

Le cœur ému, Garret ouvrit sa porte.

Bessie arrivait... mais en quel triste état : ses vêtements d'Indienne lacérés, les cheveux épars, couverts de poussière, de brindilles et de feuilles...

« Une vraie nymphe des forêts ! » pensa le détective qui l'admirait en souriant, immobile sur le seuil, se demandant s'il ne rêvait pas et par quel miracle la courageuse fille était rendue à ses amis...

Bessie Watson se laissa tomber dans un fauteuil.

— Je suis à bout de forces, murmura-t-elle... Quelle journée... que d'aventures... mon ami !...

« Ah ! la vie n'est pas monotone à Dusty Bend...

— Vous devriez vous coucher, miss Bessie, vous reposer d'abord...

« Je veillerai sur votre repos...

« Demain vous me raconterez...

— Non... non... dit vivement Bessie, pas demain, tout de suite... Celui qui m'a sauvée des Hindous est peut-être en grand danger...

Et avant que le détective ait pu s'opposer à ce dessein, Bessie, nerveuse, fit le récit de ce qui lui était arrivé depuis qu'elle avait disparu dans les airs aux yeux stupéfaits de ses amis et de ses ennemis...

Attentivement Garret écouta sans dire un mot.

Lorsque Bessie eut terminé son récit, il demanda :

— Miss Bessie... ai-je bien compris ce que vous avez dit ?... Cet aviateur dont le surnom est l'Aigle a dit que vous deviez épouser, pour entrer en possession d'une grande fortune, celui qui a une seconde bague de jade pareille à celle que vous aviez à votre doigt ?...

— Oui...

— C'est étrange... l'aviateur avait-il une bague pareille ?...

— Non, certes, puisqu'il a exigé la mienne...

— Alors, ce serait l'Hindou qui posséderait la seconde bague ?...

— Je le présume...

— Mais vous n'en êtes pas certaine ?... Vous ne l'avez pas vue à son doigt ?...

— Non.

— Ceci est tout à fait incompréhensible, inexplicable... Il me paraît, d'après tout ce qui se passe, que, pour qu'un héritage inconnu tombe aux mains des héritiers, ces héritiers doivent présenter deux bagues de jade semblables...

« Mais alors où est la nécessité d'un mariage ?...

« Si vous, Bessie, vous donnez votre bague à celui qui en a déjà une, cet individu n'a plus besoin de vous épouser... Le mariage n'était utile que parce que vous apportiez en dot votre bague... mais si vous la donnez ?...

— C'est bien ce que j'ai compris... et c'est pourquoi je n'ai pas hésité à me séparer de ce bijou, ne voulant épouser ni mon sauveur l'Aigle, ni mon persécuteur l'Hindou...

— Ce faisant, vous avez perdu tous les droits sur une fortune sans doute considérable...

— Oui, dit Bessie avec un sourire railleur, mais j'ai peut-être gagné plus qu'une fortune...

— Quoi donc ?

Bessie regarda Justin Garret, qui se troubla.

Elle l'aimait... il en avait la certitude à présent.

Le cœur du détective battit délicieusement.

Il prit la main de Bessie qui tremblait un peu.

L'aveu était sur les lèvres de Justin Garret, mais cet aveu ne fut pas prononcé.

Le détective, avec un scrupule exagéré de conscience, se refusa à dire les paroles définitives qui allaient engager leurs deux existences.

En avouant son amour, en demandant à Bessie d'être sa femme, il empêchait la jeune fille de reconquérir la bague, d'entrer en possession d'un héritage fort important sans doute et qui assurerait à Bessie Watson l'indépendance, le bonheur peut-être...

Il n'avait pas le droit, en ce moment, de lier son existence à celle de la jeune fille.

Son devoir était de l'aider à faire valoir ses droits, à triompher de ses ennemis.

Si plus tard, libre, riche, Bessie l'aimait encore !...

Mais l'aimerait-elle ?

La fortune subite et inespérée trouble souvent les cerveaux les plus solides et transforme les sentiments.

N'importe, au risque de perdre Bessie, lui, Justin Garret, devait servir ses intérêts.

Le détective serra amicalement la petite main qui tremblait dans la sienne, puis il termina par un vigoureux shake-hand qui surprit tellement Bessie qu'une larme trembla au bord de ses cils.

Alors, sans oser la regarder, il ajouta :

— Très heureux, miss Watson, vraiment très heureux de vous revoir saine et sauve...

« Et maintenant, croyez-moi, il faut aller vous reposer !

« Demain, je m'occuperai avec nos amis de votre sauveur et je profiterai de l'occasion pour l'obliger à vous rendre votre bague...

« Bonne nuit, chère miss Bessie...

Bessie se leva, se dirigea vers la porte, sortit sans regarder Justin Garret, sans prononcer un mot.

Son cœur était si serré, si triste que, si elle avait tenté de parler, elle aurait éclaté en sanglots.

Elle s'était trompée... Justin Garret ne l'aimait pas...

Il n'avait pour elle qu'une grande amitié.

Quelle triste constatation !...

Bessie alla s'enfermer dans sa chambre à coucher...

Mais elle fut longue à s'endormir et si Justin Garret, lorsqu'elle goûta enfin le repos, avait pu s'approcher de la jolie dormeuse, il aurait vu avec douleur que son oreiller était mouillé de larmes.

Lui non plus ne dormit pas toute sa nuit.

Il voulait veiller sur le repos de sa chère Bessie et longtemps il resta accoudé à la fenêtre, épiant les moindres bruits du dehors, cherchant à comprendre quels sentiments avaient fait agir l'Aigle et s'efforçant de deviner les prochains plans ténébreux de Dugan et de l'Hindou.

Mais il ne pouvait suivre jusqu'au bout les pensées qui se heurtaient dans son cerveau.

Malicieusement un gracieux visage venait se jeter au milieu des idées qu'il s'efforçait de coordonner, lui souriait avec amour et jetait le plus grand désarroi dans son esprit et dans son cœur.

La fatigue enfin terrassa Garret et il s'endormit comme le jour allait paraître.

Ce fut la voix de Tom qui réveilla le détective :

— Mr. Garret... vous n'avez que le temps de prendre le thé que vous a fait préparer miss Bessie...

« Les chevaux sont là... les camarades aussi...

« Tout le monde est prêt...

— Moi aussi... Tom... moi aussi... une petite minute et je descends...

Affolé, le détective se hâta de s'habiller, mécontent de ne pas s'être réveillé plus tôt.

En bas, Bessie l'attendait souriante, vêtue d'un costume masculin.

Elle lui présenta en souriant une tasse de thé.

Justin Garret, ravi de revoir Bessie, but en regardant la jeune fille, se brûla, et comme tout le monde riait il prit part à l'hilarité générale.

Dehors les chevaux s'ébrouaient, piaffaient.

— Je déjeunerai une autre fois, miss Bessie...

« En avant, et puissions-nous ne pas arriver trop tard !...

La cavalcade quitta Dusty Bend.

CHAPITRE IV

OU L'AIGLE A SON TOUR MARQUE UN POINT

Fidèles observateurs de la consigne donnée, les Hindous avaient passé la nuit autour de la maison de l'Aigle, dissimulés derrière des taillis ou couchés au creux des rochers.

Quant à l'Aigle il avait dû rester attaché toute la nuit contre un arbre, impuissant qu'il était à rompre ses liens et attendant avec désespoir l'issue de ces événements, issue qu'il devinait fatale.

Harassé de fatigue, il n'était soutenu que par les liens, qui pénétraient dans sa chair et lui arrachaient au moindre mouvement des cris de douleur.

Pas le moindre espoir d'être secouru.

Bessie, délivrée, ne lui pardonnerait certainement pas de lui avoir pris sa bague et elle ne viendrait pas à son aide, redoutant, non sans raison, de tomber dans un nouveau piège.

Quant à Dick Sleater, son fidèle pilote, il avait été convenu avec lui, avant l'enlèvement de Bessie, qu'aussitôt qu'il aurait garé l'avion après leur poursuite du train, il irait du côté de Virgin Island prendre livraison d'un nouvel hydravion.

Et sans doute Dick attendrait-il son maître et ne viendrait-il en aucun cas le chercher.

C'en était donc fait de lui.

L'aviateur désemparé, découragé, ne voyant aucun moyen d'échapper à la haine d'Ali-Pendjed, tomba dans une sorte de prostration qui ne lui permit pas de se rendre compte de la fuite des heures.

Or, pendant qu'il était dans cet état, Bessie et Garret arrivaient jusqu'au passage secret.

Le détective dit alors à Tom et à Nick :

— A présent, vous allez nous laisser, miss Bessie et moi... Retirez-vous assez loin d'ici et affectez de chercher à vous cacher dans le bois.

« Les Hindous qui doivent nous épier vous suivront, et tandis qu'ils s'occuperont de vous nous pourrons accomplir là-haut ce que nous avons à faire sans éveiller les soupçons...

Le plan était assez habile et, en effet, la troupe de Tom aurait dû donner le change aux Hindous et les attirer sur une fausse piste en leur faisant abandonner la surveillance de la résidence de l'Aigle.

C'est ce qu'auraient fait sans doute les Américains.

Mais les Hindous, qui virent passer Tom et les cow-boys, ne bougèrent pas.

Ils avaient l'ordre de guetter la jeune fille qui déjà avait été leur prisonnière ; or, dans cette troupe, il n'y avait pas de jeune fille.

Croyant avoir trompé les Hindous, Garret, après qu'ils eurent mis pied à terre et attaché les chevaux à un arbre, dit à Bessie :

— On ne peut tout prévoir... L'absence de Dugan m'inquiète... Je flaire quelque piège... Il vaut mieux que j'aille seul au secours de cet aviateur...

— Non, dit résolument Bessie, j'irai avec vous...

« Il y a peut-être... sûrement du danger...

« Raison de plus pour que je le partage avec vous...

Le détective n'insista pas.

Tous deux, avec d'infinies précautions, faisant le moins de bruit possible, examinant les alentours, se glissèrent sur le chemin dangereux qui conduisait à la demeure de l'Aigle.

Ils ne virent pas les yeux ardents qui, de loin, épiaient tous leurs gestes.

Ils n'entendirent aucun bruit suspect.

Là-haut la porte de la maisonnette était ouverte.

Justin Garret entra le premier, faisant un rempart de son corps à Bessie dans le cas où des gens auraient été cachés dans l'intérieur.

Personne.

Le sauvetage de Bessie s'était effectué cette fois sans difficulté.

Film Pathé.

Mais elle refusait avec mépris de signer l'acte qui la dépossédait.

Film Pathé.

Au prix des plus grands efforts, Bessie descendait, elle était sauvée !

A la vue du yacht qui devait l'emmener captive, Bessie s'était débattue.

Film Pathé.

Vaine résistance, car les Hindous la portèrent de force dans la barque.

Film Pathé.

Avec précaution le diamant bleu fut introduit sous la corne de cerf.

Un désordre épouvantable.

Bessie referma la porte.

— Nous avons perdu notre temps ! dit-elle.

« Les Hindous l'ont entraîné dans cette maison où j'ai été prisonnière...

« Heureusement je connais le chemin...

— Il va donc falloir rassembler nos amis et, à la tête de la troupe de Tom et de Nick, aller sommer ces sauvages de nous rendre l'aviateur.

« Il est probable que nous serons accueillis par des coups de fusil...

— C'est probable...

— [illegible] Qu'il y aura des tués ! dit Garret [illegible] voix hésitante.

— [illegible]t certain...

— [illegible] croyez-vous pas, miss Bessie, qu'il [illegible]ait sage pour vous de rentrer à D[illegible] et de ne pas vous joindre à nous [illegible] Il suffit d'une balle égarée...

— [illegible]our me tuer... Oui, je sais... Qu'importe ?...

— Comment qu'importe ?...

— Je n'ai aucune raison de tenir à la vie... Je n'ai pas de parents... pas d'amis... personne qui m'aime...

— Personne qui vous aime, Bessie ?...

— Personne...

— Eh bien !... et moi... moi qui vous adore... Bessie... moi qui n'ai cessé de vous aimer depuis le premier jour où je vous vis !...

— Vous m'aimez, Justin ?...

— Vous le savez bien, Bessie...

— Pourquoi ne me l'aviez-vous jamais dit ?... Pourquoi vous détourniez-vous de moi ?...

Quelle explication donna Justin Garret ?

Fort longue et fort diffuse sans doute, car il ne put aller jusqu'au bout et préféra conclure en disant :

— Je suis un stupide garçon avec mon récit et mes scrupules... Je ne sais qu'une chose au monde, Bessie, c'est que je vous aime infiniment...

— Moi aussi, Justin...

Ils étaient dans les bras l'un de l'autre, se regardant extasiés, lorsque la porte poussée avec fracas livra passage à une demi-douzaine d'Hindous qui en hurlant se jetèrent sur les amoureux.

Ali-Pendjed était là, farouche, les traits contractés par la colère.

Il se croisa les bras, regarda tour à tour Bessie et Garret.

— Attachez solidement cet homme sur le plancher, ordonna-t-il...

Quatre des Hindous, sans aucune peine, couchèrent à terre le détective qui, ayant été surpris, avait eu les jambes et les mains emprisonnées avant d'avoir pu tenter le moindre geste de défense

— Misérable ! gronda-t-il, j'aurai ma revanche...

Ali-Pendjed ne daigna pas répondre et s'adressant froidement à Bessie :

— Si vous n'épousez pas le porteur de cette bague — et ce disant il montrait à son doigt l'anneau volé à l'Aigle — si vous ne m'épousez pas, cet homme mourra — et il désigna Garret.

« Il restera ici jusqu'à ce que vous soyez ma femme...

Garret fit un bond prodigieux et se mit debout, mais il reçut sur la tête un si rude coup qu'il retomba à terre, étourdi.

Aussitôt Bessie Watson était entraînée malgré sa résistance par les Hindous précédés d'Ali-Pendjed qui souriait.

Ali-Pendjed avait tort de sourire.

Il n'avait pas encore gagné la partie...

Il comptait trop sans l'Aigle, son rival.

Il comptait sans la jalousie de Lola.

Or Lola, elle aussi, à l'insu d'Ali-Pendjed, s'était cachée dans le bois, se dérobant adroitement aux regards de ses compatriotes, et, couchée à plat ventre dans l'herbe, elle épiait tout ce qui se passait.

Elle avait su la fuite de Bessie dans le train et comment, par miracle, elle avait échappé aux Hindous.

Elle avait su que Bessie, emportée par l'Aigle dans son repaire, avait pu encore une fois se soustraire aux désirs intéressés d'Ali-Pendjed, mais que ses compatriotes guettaient le retour espéré de la jeune fille pour s'emparer d'elle.

Et Lola avait eu dès lors la pensée généreuse de prévenir Bessie pour l'empêcher de tomber dans le piège.

Par malheur son poste d'observation était trop éloigné du chemin qu'avaient pris Bessie et Garret, chemin si étroitement surveillé par les Hindous que Lola n'aurait pu s'en approcher sans trahir sa présence.

Elle vit donc de très loin, à son grand regret, Bessie et le détective s'engager dans un étroit sentier conduisant au domicile de l'Aigle.

Elle prit un chemin détourné, pensa pouvoir arriver encore à temps pour les prévenir.

Mais elle se trompa, perdit un temps précieux et fut soudain avertie de l'inutilité de ses efforts par les cris des Hindous se réjouissant de la capture de leurs ennemis.

Alors, désespérée, Lola revint sur ses pas et s'égara encore, mais cette fois son erreur eut un bon résultat.

Elle se trouva dans le coin du bois où l'Aigle attaché à un arbre gémissait sourdement, abandonné par ses gardiens qui croyaient n'avoir pas à redouter son évasion.

A la vue de l'Aigle Lola se sentit prise de pitié.

Elle examina curieusement cet homme qui avait osé entrer en lutte avec Ali-Pendjed à qui, naïvement, elle attribuait une puissance surnaturelle.

C'était donc là l'homme qui avait arraché Bessie au redoutable chef hindou ?

S'assurant que nul ne pouvait la voir ni l'entendre, elle s'approcha de l'Aigle et doucement lui demanda :

— Si je te rendais la liberté, pourrais-tu encore protéger celle qu'ils appellent miss Bessie et l'empê[illegible] de retomber aux mains d'Ali-Pe[illegible] ?...

L'Aigle releva la tête, fixa [illegible] aux égarés sur Lola.

— Je souffre ! murmura-t-i[illegible] Détachez ces liens...

— Je te rendrai libre si tu [illegible] promets de ne pas attenter à la v[illegible] d'Ali-Pendjed, que j'aime comme tu dois aimer cette jeune fille qui court le plus grand danger...

Les yeux de l'Aigle brillèrent.

— Bessie Watson en danger ?...

— Oui, elle est allée là-haut dans ta maison...

— Pour me secourir... et moi qui avais douté d'elle...

— Et les serviteurs d'Ali-Pendjed se sont emparés d'elle... et Ali-Pendjed l'épousera si tu ne la délivres pas...

— Je la délivrerai, dit vivement l'Aigle, mais, au nom du ciel, rendez la liberté à mes membres... Ces cordes me coupent les poignets...

— Tu ne feras pas de mal à Ali ?... Tu ne le tueras pas ?...

L'Aigle eut une seconde d'hésitation.

La colère grondait terrible en son cœur contre l'Hindou.

Mais il pensait à Bessie...

Elle d'abord... Elle avant tout...

— Je promets de ne pas toucher à un cheveu d'Ali-Pendjed, dit-il gravement.

— Je crois en toi... dit simplement Lola.

Avec adresse, elle dénoua promptement les cordes et, dès que l'aviateur débarrassé de ces liens odieux put faire mouvoir bras et jambes, se frottant avec vigueur les parties endolories, il dit à Lola :

— Je tiendrai ma promesse...

« Mais si les autres m'attaquent...

— Voici pour te défendre contre eux, dit Lola.

Elle prit un revolver caché sous sa robe, le tendit à l'Aigle.

— C'était, dit-elle avec douceur, pour me tuer au seuil de la chambre nuptiale d'Ali et de la jeune fille...

— Vous vivrez, dit l'Aigle, car ce mariage n'aura pas lieu.

— Vite, je les entends... sauve-toi...

Et sans attendre la réponse de celui qu'elle avait délivré, légère comme une biche, Lola s'enfonça dans l'épaisseur du bois.

Au lieu de se sauver, l'Aigle se porta en avant après avoir ramassé les cordes qui avaient servi à l'attacher contre l'arbre.

— Elles peuvent être utiles ! murmura-t-il.

Puis, prenant un sentier des plus dangereux, qu'il n'utilisait que rarement, l'Aigle avec une incroyable rapidité gravit les deux tiers de la montagne, se jeta dans un fossé et attendit quelques instants.

Ali-Pendjed arrivait, aidant Bessie à descendre.

Derrière eux, en file indienne, suivaient les Hindous.

L'Aigle s'élança.

Ali-Pendjed jeta un cri.

Le revolver que tenait l'aviateur touchait la poitrine de l'Hindou.

— Haut les mains ! Ali-Pendjed... Hands up !... ou je tire.

Ali-Pendjed leva les bras au ciel, tandis que, terrifiés, les Hindous qui le suivaient se dispersaient en criant, persuadés que derrière cet homme masqué il y avait la troupe des cowboys qu'ils avaient aperçus tantôt. En outre, ils étaient terrifiés par l'apparition soudaine de cet homme qu'ils avaient laissé si solidement attaché dans un endroit caché à tous les yeux et qu'un mauvais génie seul avait pu délivrer.

Grinçant des dents, l'Hindou assista, pâle de fureur, à la fuite de ses partisans.

L'Aigle ne fit pas de longs discours.

Jetant à Bessie les cordes qu'il avait emportées :

— Liez-le, dit-il, et solidement.

Bessie ne se fit pas répéter cet ordre.

Mais lorsqu'elle eut lié les mains d'Ali-Pendjed :

— Il y a là-haut un prisonnier, dit-elle.

« Justin Garret m'avait accompagné pour vous délivrer...

— Je vais m'acquitter envers lui, dit l'Aigle.

« Prenez ce revolver et si cet homme tente de fuir ou appelle à l'aide, n'hésitez pas à faire feu...

« Il doit être notre otage jusqu'à ce que j'aie sauvé notre ami...

Laissant Bessie Watson, le revolver braqué sur l'Hindou qui, avec un fatalisme oriental, s'était soudain résigné, et ne tentait nullement de fuir, l'Aigle regagna son repaire.

Cette fois il trouva le détective étendu sur le dos, mais peu résigné à son sort et hors d'état pour l'instant de se libérer, car les Hindous excellent à ficeler leurs victimes.

L'Aigle ramassa le poignard tranchant perdu par l'un des Hindous et coupa les cordes.

— Venez... dit-il.

— Et Bessie ? demanda anxieusement Garret.

— Elle nous attend... Venez...

Les deux hommes redescendirent aussi rapidement qu'ils le purent.

L'Aigle souffrait encore beaucoup d'être resté si longtemps attaché et Garret se ressentait du violent coup qu'il avait reçu sur la tête.

Mais la joie que leur procurait la perspective d'une vengeance leur faisait oublier leurs maux.

A la vue de Bessie le visage du détective rayonna de bonheur, mais à la vue d'Ali-Pendjed dont le regard noir le défiait, Justin Garret bondit vers lui le poing levé.

L'autre ne bougea pas.

— C'est vrai... dit Garret... vous avez les mains liées... qu'à cela ne tienne...

« Je vais vous débarrasser de cette corde et vous pourrez vous défendre...

— Non... dit l'Aigle, un combat est impossible...

— Pourquoi ?... C'est vous qui voulez nous débarrasser de cet homme ?...

— Non... j'ai promis de respecter sa vie, et je vais lui rendre la liberté à présent que vous-même êtes libre... mais auparavant, je reprends mon bien...

Saisissant la main gauche d'Ali, l'Aigle d'un geste brusque lui arracha la bague de jade, puis dénouant les cordes :

— Allez... vous êtes libre...

Ali-Pendjed promena sur ceux qui l'entouraient un regard farouche, puis s'éloigna lentement.

Garret ayant fait un mouvement pour se jeter sur l'Hindou, l'Aigle braqua vers lui le revolver qu'il avait repris à Bessie.

— Halte ! dit-il... Pas un pas de plus...

« J'ai promis à celle qui aime Ali-Pendjed que sa vie serait sauve...

« Elle ne m'a délivré qu'à cette condition...

L'Hindou qui s'éloignait entendit.

— Ah ! fit-il, c'est Lola qui l'a mis en liberté...

— Mais enfin, dit Bessie, intriguée au plus haut point par l'attitude bizarre de cet aviateur masqué qui chaque fois lui rendait service de si étrange façon...

« Mais enfin, qui êtes-vous ?

— Si vous acceptez d'épouser le porteur de la seconde bague de jade, vous saurez qui je suis...

— Et si je refuse ?...

— Alors, dit mélancoliquement l'Aigle, que vous importe de savoir qui je suis, d'où je viens, ce que je fais ?...

— Mais le porteur de la seconde bague, s'écria Garret, c'est donc vous ?...

L'Aigle ne répondit pas.

— Rendez dans tous les cas cette bague, dit Garret menaçant, cette bague que vous avez volée à miss Bessie...

— Non, dit l'Aigle.

Le détective furieux s'élança, mais l'Aigle avait bondi dans le fourré, disparaissait en criant :

— Veillez sur miss Bessie...

Garret s'arrêta net...

— C'est juste... cela est plus important...

— Et puis, dit Bessie, il vient de nous sauver la vie à tous deux, Justin...

« Ne trouvez-vous pas que nos deux existences valent cette misérable bague à laquelle il paraît tenir beaucoup ?...

— Je crois, Bessie, qu'il n'est pas

le seul à vouloir posséder cette bague et c'est justement l'acharnement de l'Hindou et de cet aviateur à vouloir vous déposséder de ce joyau qui me fait supposer que cette bague a une réelle importance pour vous...

— Bah ! je ne crois pas beaucoup à ces fortunes qui tombent du ciel...

« Mais n'est-il pas imprudent de prolonger notre séjour ici ?...

— Nous allons rejoindre nos amis, vous avez raison... mais je crois qu'il faudra un certain temps à Ali-Pendjed pour rassembler tous ses Hindous...

« Du reste, à présent qu'il sait que c'est l'aviateur qui a la bague, j'imagine que c'est contre lui qu'il va diriger toutes ses attaques pour la conquête de ce bijou...

Il se mit à rire.

— Hier c'était l'Hindou qui marquait un point contre l'Aigle battu d'une bague, aujourd'hui l'Aigle prend sa revanche et marque un point...

— Et nous, Justin, que marquerons-nous ?

— Nous marquerons cette journée d'une pierre blanche, ma chérie, car c'est la plus belle de toutes pour nous, puisque nous nous sommes avoué que nous nous aimions...

Bessie tendit sa joue à Justin Garret pour le remercier de ses aimables paroles.

Et cette fois les Hindous ne vinrent pas empêcher Justin Garret de cueillir l'amoureux baiser qu'on lui offrait.

CHAPITRE V

INCIDENTS

Lorsque Garret et Bessie arrivèrent à l'endroit où ils avaient laissé leurs chevaux, ils aperçurent un cavalier qui fuyait au loin, tournant le dos à Dusty Bend.

— C'est l'aviateur, dit Garret.

— Où peut-il aller ? dit Bessie.

— Je présume qu'il tient à s'éloigner le plus possible de ces damnés Hindous...

« Le nid qu'il habitait à l'insu de tous n'est plus à présent une retraite assez sûre pour lui...

« S'il avait l'imprudence d'y revenir, il serait vite pris et n'aurait à attendre de secours de personne...

— Croyez-vous, Justin, que les Hindous vont s'acharner après lui ?...

— J'en suis absolument certain... N'a-t-il pas la bague de jade ?...

« Je suis persuadé qu'en ce moment Ali-Pendjed n'a qu'une idée : réunir ses hommes et donner la chasse à l'aviateur...

— Mais s'ils le rejoignent, il est perdu...

« Que fera-t-il seul contre tous ces sauvages ?...

— Mon amour, votre exclamation me prouve que la pensée qui vient de naître en moi est excellente...

— Quelle pensée ?

— Celle de protéger la retraite de notre sauveur...

« Nous lui avons de grandes obligations, et j'ai le projet — que vous approuverez, j'en suis sûr — d'aller me mettre à la tête des cow-boys qui sont avec Tom et Nick, et de suivre de loin l'Aigle pour empêcher les Hindous de le poursuivre...

— All right ! all right ! approuva joyeusement Bessie.

« C'est digne de votre bon cœur, cela...

— C'est tout naturel...

« Et vous, pendant ce temps, Bessie, vous irez tout droit à Dusty Bend...

« La route est sûre et vous n'aurez rien à craindre à l'hôtel...

« Du reste, dans quelques heures, nous serons de retour.

« De plus votre présence là-bas pourra m'être utile... Si Dugan montrait le bout du nez...

— J'ai compris... Allons tout de suite...

Mettant leurs chevaux au trot, ils allèrent rejoindre Tom et Nick...

A peine s'étaient-ils éloignés que, à travers un buisson, parut la tête d'Ali-Pendjed.

L'Hindou, mis en liberté par l'Aigle, avait feint de s'éloigner, mais s'était bien gardé d'aller rejoindre ses compatriotes.

Revenant sur ses pas, il avait épié Bessie et Garret, surpris toute leur conversation, et à présent il se relevait ayant aux lèvres un mauvais sourire.

Bessie Watson allait rentrer à Dusty Bend.

Ali-Pendjed échafauda aussitôt tout un plan d'attaque.

Malgré tout le ressentiment qu'il éprouvait pour Garret, il estimait qu'il était préférable de profiter de son absence pour effectuer une nouvelle tentative de rapt sur Bessie Watson.

Or Bessie allait être seule !

Tom et Nick, entourés des fidèles cow-boys, écoutaient les explications de Justin Garret qui leur racontait loyalement le service rendu par l'aviateur, leur proposant de l'aider à acquitter sa dette de reconnaissance en le protégeant à son tour.

Ces braves gens n'hésitèrent pas une seconde à accepter cette nouvelle corvée.

Mais leur acceptation se transforma en enthousiasme lorsque Justin Garret leur déclara qu'il n'entendait pas abuser ainsi de leur temps, et qu'à l'avenir ils seraient rétribués généreusement de leurs dérangements.

Cette aubaine inespérée enchanta les cow-boys accoutumés à se déplacer pour rien dès qu'on leur demandait le moindre service.

Aussi dès que le détective eut donné l'ordre de se porter en avant rivalisèrent-ils de vitesse et d'ardeur.

Bessie Watson qui avait fait monter son cheval sur un petit monticule assista, tel un général, au départ de ses troupes, saluant de la main et d'un mot amical chaque cow-boy qui passait devant elle.

Pour le détective, qui passait le dernier, le geste de la main fut quelque peu modifié et le salut cordial se transforma en l'envoi gracieux d'un baiser.

Puis lorsque Bessie Watson eut vu la troupe amie disparaître à l'horizon dans un nuage de poussière, joyeuse d'être libre, joyeuse d'être aimée, trouvant la vie plus belle, elle prit le chemin de Dusty en fredonnant allégrement une vieille chanson écossaise.

Mais si d'aventure quelqu'un cheminant à côté de Bessie se fût leurré de l'espoir d'entendre cette chanson si gentiment fredonnée par une aussi jolie bouche, il eût éprouvé l'amère déception de n'entendre que le premier couplet.

En effet, Bessie avait à peine entamé le second que sa voix s'étrangla dans sa gorge.

Brusquement, au détour du chemin, six cavaliers hindous avaient surgi, lui barrant la route.

Bessie fit faire volte-face à son cheval.

Derrière elle dix cavaliers hindous...

Devant eux Ali-Pendjed riant de son mauvais rire.

Découragée, Bessie Watson laissa tomber ses mains sur le pommeau de la selle, baissa la tête.

Une inconcevable fatalité, dès qu'elle était seule, la livrait à ses ennemis.

— Eh bien !... Bessie Watson... dit Ali-Pendjed ironique, je crois que votre fiancé s'est trompé... Ce n'est pas l'Aigle qui marque un point... c'est moi...

« Cette fois vous êtes en mon pouvoir et nulle puissance au monde ne pourra vous en arracher, car tout le monde ignorera où vous êtes...

« A Virgin Island il y a près de la côte un yacht qui m'appartient et ce bateau vous conduira dans une île où je suis le maître absolu...

« Vous n'y viendrez avec moi que parée des titres de mon épouse, car, à Virgin Island, vous serez ma femme...

— Non... non... cela ne sera pas ! cria une voix désespérée.

Et Lola, fendant le groupe des cavaliers hindous, surgit.

Ali-Pendjed fronça les sourcils.

Lola — qu'il avait rencontrée parmi les Hindous après avoir surpris la conversation de Bessie et de Garret, qui elle-même ayant rassemblé les serviteurs fuyards les ramenait au secours de leur maître, et avait été brutalement frappée au visage par Ali-Pendjed qui lui avait reproché sa trahison et qui, craignant une nouvelle intervention de la jeune Hindoue, avait donné l'ordre de la ramener dans la maison qu'il habitait — avait donc échappé à ses surveillants ?

— Esclave ! dit-il, ta place n'est pas ici...

— Ma place est partout où se trouve le maître de ma vie...

« Si tu quittes ce pays, je dois te suivre...

— Non, tu me trahirais encore... Tu as délivré l'Aigle.

— Pour qu'il délivre cette jeune fille... mais l'Aigle a tenu sa promesse, il a respecté ta vie...

— Cette jeune fille sera ma femme, Lola...

— Non... je la tuerai plutôt...

Et furieuse contre Bessie dont la tranquillité lui faisait croire qu'elle acceptait sans trop de répugnance de devenir l'épouse d'Ali, elle voulut se précipiter sur elle.

La main d'Ali-Pendjed s'abattit, enfermant le bras de Lola dans une étreinte de fer, et l'Hindou, d'un ton brutal, ordonna :

— Ne bouge pas, esclave...

« Si jamais tu t'avisais de toucher à celle-ci, un instant après tu serais attachée au-dessus d'un bûcher auquel moi-même je mettrais le feu...

« Je veux que tu n'oublies jamais que je suis ton maître et j'ordonne que tu refrènes à l'avenir les élans de ton cœur. Ta soumission doit être absolue et si par hasard tu sentais sourdre en toi un esprit de révolte, puisses-tu aussitôt te souvenir que j'ai sur toi droit de vie et de mort !...

— Peu m'importe de mourir, dit Lola, les yeux pleins de larmes...

— Ne craignez rien, Lola, dit doucement Bessie, ce que désire Ali-Pendjed ne s'accomplira pas...

« Moi vivante, il ne fera pas de moi sa compagne...

— C'est ce que nous verrons, rugit l'Hindou.

« Achmot, fais attacher Lola... Je t'en confie la garde en mon absence...

« Tu me réponds d'elle sur ta tête...

« Et, — Lola prisonnière, — Achmot, je t'ordonne de retrouver l'Aigle, de lui reprendre la bague de jade et de venir me retrouver avec les serviteurs que je laisse...

— Lumière, tes ordres seront exécutés !... Lola devra-t-elle revenir avec nous ?... Ou dois-je lui donner la liberté ?...

Ali-Pendjed réfléchit.

Lorsque Achmot reviendrait, il serait l'époux de Bessie.

Lola, avec ses fureurs, sa jalousie, serait un témoin gênant du bonheur des deux époux...

L'Hindou gravement déclara :

— Lola n'est plus esclave... Elle sera libre d'aller où elle voudra quand tu quitteras le pays...

— Je suivrai Achmot, dit Lola farouche. Que tu le veuilles ou non, je reste ton esclave... La mort seule m'empêchera de te suivre.

Ali-Pendjed haussa les épaules.

— Fais ce que j'ai dit, Achmot... retourne en ma demeure avec Lola...

Malgré sa résistance et ses cris, Lola fut entraînée, entourée d'une dizaine d'Hindous.

En même temps deux serviteurs enlevaient à Bessie les rênes de son cheval et les attachaient à la selle d'un cavalier qui flanquait Bessie à sa droite.

Un autre avait pris place à la gauche de la jeune fille.

Deux cavaliers s'étaient mis derrière, deux autres passèrent devant et devant eux Ali-Pendjed qui donna le signal du départ.

Bessie Watson n'opposa aucune résistance, ne fit entendre aucun cri.

Son découragement s'était envolé.

Elle pensait que Justin Garret l'aimait, que c'était un habile détective et qu'il ne tarderait pas à la délivrer.

Elle s'imaginait que le pays où on la conduisait n'était distant que de quelques milles, et que, s'étant aperçu de son absence avant la tombée de la nuit, Justin Garret l'aurait vite retrouvée.

Hélas ! Bessie se trompait.

Il lui fallut chevaucher toute la journée entre ces maudits Hindous.

La troupe ne s'arrêta que lorsque les chevaux épuisés refusèrent d'avancer et l'on fit halte dans un bois avoisinant la mer pour se reposer, manger et passer la nuit.

Bessie Watson dut dormir étendue sur le sable, pieds et poings liés, surveillée de près par deux Hindous qui restèrent debout auprès d'elle, se relayant toutes les heures.

Avant que parût le soleil, après un repas sommaire, la troupe d'Ali-Pendjed se remit en marche.

Et ce fut encore une journée de course en pays inconnu, loin des lieux habités.

Le trajet semblait interminable à Bessie. En dépit de la variété des paysages, il lui semblait qu'elle traversait un désert, et ni la verdeur d'un site, ni la poésie d'une clairière que traversait la troupe qui la gardait, rien ne parvenait à la faire sortir de la torpeur dans laquelle elle semblait plongée !

Ah ! que Dusty Bend était loin !

Justin Garret retrouverait-il jamais les traces de sa bien-aimée ?...

CHAPITRE VI

LES REGRETS DU DÉTECTIVE

On dit que toute bonne action trouve ici-bas sa récompense.

Cette opinion discutable ne fut certainement pas partagée par Justin Garret lorsqu'il rentra à Dusty Bend vers la fin de l'après-midi et qu'il apprit que Soria n'avait pas vu Bessie.

Les cow-boys étaient retournés chez eux.

Tom et Nick, redevenus employés

Film Pathé.

Avant que, saisis de stupeur, Bessie et Garret aient pu appeler au secours, la chambre était envahie par des hommes armés qui braquaient sur eux leurs revolvers.

de l'hôtel, servaient les clients curieux, intrigués par toutes ces allées et venues.

Parmi les plus ardents à vouloir tout connaître, il y avait le grand shérif qui avait entrepris Bout d'Homme, lequel était aussi soucieux que son chef de la disparition de Bessie.

Cette absence prolongée n'était pas naturelle.

De l'endroit où les cow-boys avaient laissé Bessie pour venir à Dusty, il ne fallait que deux heures de galop.

Elle aurait donc dû se trouver à l'hôtel depuis quatre ou cinq heures au moins.

Le petit cow-boy ne répondait que par des grognements peu polis au shérif qui, très curieux, multipliait les questions.

— Ces Hindous existent donc ? Pourquoi n'avoir pas fait un ou deux prisonniers que j'aurais pu interroger avant de les condamner à la prison ou à l'amende ?

« Vous savez qu'ils n'ont pas le droit de résider sur le territoire de Dusty, n'ayant pas fait à mon bureau de déclaration légale...

« Mais j'ai peine à croire qu'il y ait des Hindous ici...

« Ce n'est pas leur pays...

« Les Hindous sont faits pour habiter l'Inde...

« Une bouteille de genièvre, Tom... Un peu de muscade, Nick... et du gingembre... Merci, mes amis... Alors vous avez vu vraiment des Hindous ?

« Dugan aussi m'avait parlé de ces gens-là...

« A propos de Dugan, qu'est-il devenu ?

« Je suis allé au Dance Hall... on m'a dit qu'il était en voyage...

« Il voyage souvent, Dugan, et à ce propos, il faut que je le prévienne qu'il court des bruits fâcheux sur son compte...

« Je sais bien que tous les tenanciers d'établissements publics font de la contrebande... Partout c'est pareil... Et mes confrères font comme moi... Ils ferment les yeux à la condition qu'il n'y ait pas d'excès... Je suis persuadé que la jolie miss Watson elle-même... Mais où est-elle donc ?... Est-ce qu'elle voyagerait, elle aussi ?...

— Ma foi, shérif, finit par répondre Bout d'Homme énervé, si vous faisiez un peu mieux la police de ce pays, vous n'auriez pas à poser de pareilles questions, car les routes seraient plus sûres pour les honnêtes gens qui rentrent chez eux...

« J'ignore si vos confrères sont aussi insouciants que vous de ce qui se passe dans les pays qui sont soumis à leur autorité, mais je ne vous cache pas que je souhaite qu'ils fassent montre d'un peu plus d'énergie et de perspicacité.

Laissant là le magistrat de Dusty, démonté par cette rude vérité, Bout d'Homme s'en fut rejoindre son chef qu'il trouva dans la plus grande anxiété...

Non, certes, Garret ne regrettait pas le généreux mouvement qui l'avait porté à protéger de loin la fuite de l'Aigle, mais il s'avouait avec quelque amertume que, s'il n'avait pas cédé à un mouvement de son bon cœur, il aurait accompagné Bessie et sans doute il ne se serait rien passé.

Elle serait là maintenant près de lui...

Bout d'Homme qui entrait dit à son chef :

— Je crois deviner ce qui s'est passé...

— Dugan aurait enlevé miss Bessie !... Non... Dugan est en train de faire de la contrebande... Il profite de ce qui arrive, mais il ne perdra rien pour attendre...

— Alors, j'ai une idée... continua Bout d'Homme... C'est que miss Watson a dû retomber entre les pattes de ces moricauds.

— J'ai pensé à cela aussi... mais la prise de Bessie n'a plus d'intérêt pour eux... Le chef a très bien vu qu'elle ne possédait plus la bague, objet de leur convoitise...

— Possible que miss Bessie n'ait plus la bague, dit le cow-boy, mais elle a quelque chose qui vaut mieux : sa beauté, et cette beauté-là, à mon avis, n'est pas étrangère à sa disparition.

« Le chef de ces mal blanchis ne serait pas fâché d'épouser miss Bessie et de l'amener dans son pays... voilà mon opinion...

« Vous comprenez bien, patron, que des jolies et honnêtes filles comme miss Bessie, ça ne court pas les chemins, même chez les Hindous ! Aussi ne faut-il être qu'à moitié surpris de ce qui arrive aujourd'hui.

Justin Garret se mordit les lèvres.

Il avait eu cette pensée aussi...

— Que faire ? murmura-t-il.

— Retourner à la nuit vers la maison des Hindous où avait été miss Bessie, c'est dangereux, vu qu'aucun de nous ne connaît exactement l'emplacement...

« Mais demain il fera jour et on pourra tenter la chose...

— Oui, ce soir il est trop tard... et d'ailleurs, qui m'accompagnerait ?...

— Moi... Tom... Nick... tout le monde... là n'est pas la question... Seulement on va s'égarer, se fatiguer pour rien.

Il répéta :

— Demain il fera jour...

Garret approuva d'un hochement de tête silencieux.

Bout d'Homme, comprenant que le détective désirait être seul, descendit.

A présent, il était disposé à causer avec le shérif...

Mais le shérif, vexé, avait quitté l'hôtel Watson, s'était rendu au Dance Hall pour boire en compagnie de gens plus sociables et raconter aux amis de Dugan ce qui se passait dans l'établissement rival.

Il aurait d'ailleurs beaucoup mieux fait de rentrer directement chez lui, car quelques heures après il était ivre mort et roulait sous la table. Mais avant d'arriver à ce degré d'ivresse il avait eu le temps de raconter beaucoup trop de choses, beaucoup plus que son mandat de shérif ne l'autorisait à en dire à des gens qui avaient toutes les mauvaises raisons possibles pour désirer savoir les intentions du chef de la police de leur district.

CHAPITRE VII

L'AIGLE REVIENT SUR L'EAU

Ce matin-là, entre la côte de Virgin Island et l'île qui porte le même nom, un hydravion rasait la crête des vagues, se posait, comme un oiseau des mers habitué au caprice des ondes, sur l'eau tourmentée dont l'écume venait battre le flanc de la carlingue, et peu après l'hydravion porté par les flots venait rouler doucement sur le sable d'une petite crique déserte.

L'Aigle et Dick Sleater descendirent de l'appareil.

— Je suis très satisfait, dit l'Aigle, l'hydravion est irréprochable et se conduit aussi bien sur l'eau que dans l'air...

— Il obéit déjà comme si nous étions de vieilles connaissances, fit gaiement le pilote.

« Avec cet appareil-là, maître, je me fais fort d'aller partout, et si, comme je le crains, les Hindous qui ont découvert notre retraite ont aussi découvert le garage de nos avions, tout démoli en vrais sauvages qu'ils sont, nous avons là un appareil qui nous permettra de prendre notre revanche et d'aller encore au secours de miss Watson...

— Miss Watson, dit tristement l'Aigle, n'aura plus besoin de mes services...

« Elle a un protecteur dévoué à présent...

— Le détective ?

— Oui...

— Croyez-vous qu'elle l'épousera ?...

— C'est certain et la bague de jade n'aura plus aucun pouvoir sur miss Watson...

— Mais si elle épouse cet homme au lieu d'épouser le porteur de la seconde bague de jade, elle perd la fortune qui lui revient...

— Bessie Watson préfère l'amour à la fortune...

Dick Sleater se gratta l'oreille.

— Les femmes ont de singulières idées... murmura-t-il.

« Ainsi, tenez, moi qui vous parle, je suis resté garçon parce qu'une jolie fille que je courtisais s'est laissé enlever par un barman. Avouez que préférer un barman à un aviateur c'est faire preuve d'un esprit terre à terre inouï. Je vous avouerai même que j'ai été vite consolé de cette petite déception et que par la suite j'ai été ravi de m'être aperçu à temps de l'inconséquence de celle qui faillit devenir Mme Sleater.

Et comme en parlant il regardait machinalement à sa gauche, vers les dunes qui au loin dominaient la côte :

— Oh ! oh ! fit-il, regardez donc, maître... Une troupe de cavaliers là-bas...

« Des cavaliers sur cette côte déserte ?...

Le fait était assez rare pour attirer l'attention.

L'Aigle alla prendre dans l'avion sa lunette d'approche.

— Tiens ! fit Dick qui pendant ce temps inspectait la mer, voilà encore du nouveau...

« Décidément cette côte est très fréquentée...

— Quoi donc ?

Le bras tendu, Dick montrait un yacht qu'ils n'avaient pas encore remarqué, perdu qu'il était au loin à l'horizon, et qui maintenant grandissait peu à peu.

L'Aigle intrigué dirigea sa lunette vers le yacht.

Un cri de surprise lui échappa.

— C'est étrange, dit-il à Dick Sleater... Les matelots qui sont sur ce yacht sont costumés en Hindous...

— En Hindous ?... Est-ce que par hasard ?...

— Et, continua l'Aigle, une barque vient de se détacher du yacht et se dirige vers la rive...

— Pour communiquer sans doute avec ces cavaliers... Tiens ! où sont-ils donc ?...

Les cavaliers descendus des dunes étaient masqués sans doute par des replis du terrain... On ne voyait plus rien...

— Ces cavaliers, dit l'Aigle, n'avaient peut-être nul rapport avec les gens du yacht...

« Ils ont dû obliquer... gagner l'intérieur des terres...

— Que faisons-nous, maître ?...

— Rien, cela ne nous regarde pas... Je comprends votre pensée, Dick... Vous craignez que ces Hindous n'aient commis quelque nouvelle canaillerie... Cela est possible... Mais miss Bessie ne peut être leur victime étant sous la sauvegarde de son protecteur naturel, un brave et loyal garçon, fort capable de la défendre...

— Oh ! maître, regardez... Voici la barque à présent pleine de monde, qui retourne vers le yacht qui s'est arrêté...

L'Aigle regarda, tressaillit.

— C'est impossible... je dois me tromper... Miss Bessie... allons donc !... Regardez vous-même... Dick...

Dick se saisit de la lunette, regarda.

— Mais oui, c'est miss Watson... Je la vois qui se débat contre les brigands...

« Nous allons à son secours, n'est-ce pas ?...

— Certes !... Pourvu que nous n'arrivions pas trop tard...

Ils coururent à l'hydravion, mais avant qu'il fût mis à flot la barque avait accosté le yacht et, désespérés, les deux hommes virent Bessie transportée dans le bateau de plaisance, qui aussitôt s'éloignait du rivage.

L'hydravion ayant rasé les flots s'élevait à présent peu à peu, montait vers les nuages...

— Nous ne pouvons à nous deux prendre d'assaut ce yacht avec son équipage de forbans, avait dit l'Aigle.

« Il faut le survoler... attendre une occasion propice.

« Encore plus haut, Dick...

L'hydravion alla se perdre derrière des nuages bas qui le dissimulaient à la vue des hôtes du yacht.

Bessie, car c'était bien elle en effet, avait supporté sa captivité avec assez de patience jusqu'au moment où elle avait vu la barque s'approcher du rivage.

Alors comprenant qu'on allait l'emprisonner dans ce yacht, la conduire en un pays inconnu où nul ne pourrait la découvrir, venir à son secours, elle était entrée dans une colère folle, et se débattant comme une lionne en furie avait obligé tous les Hindous à se réunir contre elle pour la maîtriser, la porter dans la barque.

Elle eut une dernière crise de fureur au moment où on la hissa sur le yacht, puis elle sembla domptée, se laissa choir sur un banc comme écrasée, devant Ali-Pendjed qui ricanait.

Les Hindous, sur un signe du maître, s'étaient éloignés discrètement.

Bessie eut un sourire.

Un regard circulaire lui fit voir que les serviteurs d'Ali-Pendjed étaient assez distants pour n'avoir pas le temps de s'opposer à son projet.

Alors, avec une rapidité déconcertante, arrachant sa veste, Bessie Watson, s'échappant des mains d'Ali qui avait voulu en vain la retenir, se précipita dans les flots.

— Une barque à la mer ! rugit Ali-Pendjed... Arrêtez le yacht...

On s'empressa d'obéir...

Mais Bessie avait de l'avance, Bessie était excellente nageuse.

Elle se dirigeait à grandes brassées vers le rivage, bien décidée à ne pas retomber vivante aux mains de ces bandits.

Elle se laisserait couler plutôt.

Derrière elle, faisant force de rames, les Hindous avançaient.

Des cris...

Bessie leva la tête sans cesser de nager.

— Ah ! fit-elle, l'Aigle encore... Je suis sauvée !...

Et la perspective de retrouver une liberté qu'elle croyait définitivement compromise lui donna un regain de forces.

Elle se mit à nager avec une énergie qui fit que la distance qui la séparait de la barque ne diminuait pas.

Encore quelques brasses hardies et elle reverrait Justin Garret !

L'hydravion avec un grondement sourd tournoyait, s'approchait.

Les Hindous redoublaient d'énergie.

Ils n'étaient qu'à quelques brasses de Bessie.

L'hydravion avait amerri, il glissait sur les eaux, rapide, léger, allait au-devant de Bessie.

— Courage ! cria l'Aigle.

La barque arrivait sur elle.

Bessie, décuplant ses forces, en une brassée violente lui échappa.

Elle était contre l'hydravion.

Deux bras se tendirent, saisirent ses mains, l'attirèrent.

Mais au même instant le bateau heurtait la carlingue de l'hydravion qui oscillait et Bessie était saisie à bras-le-corps par les jambes et tirée violemment en arrière par les Hindous.

Elle jeta un cri de désespoir.

Ali-Pendjed allait-il donc reprendre sa prisonnière ?

CHAPITRE VIII

UN AMOUREUX OBSTINÉ

Un moment, Bessie Watson put croire que c'en était fait d'elle et que les Hindous allaient l'arracher à l'étreinte libératrice de l'Aigle.

L'hydravion, penché dangereusement vers le canot, semblait prêt à rendre sa proie, mais Dick Sleater intervint à propos, en assenant sur la tête d'un des Hindous qui se cramponnaient à Bessie un formidable coup de poing, tandis que l'Aigle, retenant toujours Bessie, décochait dans la mâchoire du second Hindou qui essayait d'attirer à lui la jeune fille un si vigoureux coup de pied que le malandrin tomba les quatre fers en l'air, au fond du canot, culbutant ses compagnons, manquant faire chavirer la frêle embarcation.

Bessie, avec un cri de joie, sauta dans la carlingue et l'hydravion, fendant doucement les flots, s'éloigna du bateau avant que les Hindous aient pu se remettre de leur surprise.

Lorsqu'ils reprirent les rames pour recommencer la poursuite, l'hydravion avait déjà une importante avance et commençait à s'élever au-dessus des flots.

Force fut aux Hindous de regagner le yacht.

Sur le pont, écumant de rage, Ali-Pendjed avait assisté à l'échec de sa tentative.

Les Hindous qui montaient le canot furent victimes de la colère de leur chef qui les fit aussitôt mettre aux fers, puis, comprenant l'inégalité d'une lutte entre son yacht et cet oiseau artificiel, il donna l'ordre de gagner au plus vite l'île où se trouvaient ses partisans et où il était le maître absolu.

D'Achmot, abandonné avec quelques serviteurs près de Dusty, et de Lola, Ali-Pendjed ne se souciait guère...

Peu lui importait ce que deviendraient ceux qu'il abandonnait...

Il allait songer aux moyens de réaliser ses projets, d'établir un plan qui, cette fois, en dépit de tout et de tous, le rendrait maître de Bessie Watson...

Tandis qu'il fuyait, ruminant d'atroces pensées de vengeance, ses adversaires, qui avaient surveillé les mouvements du yacht et l'avaient vu s'éloigner des terres, faisaient demi-tour et, lentement, venaient se poser sur les flots et allaient atterrir dans la crique d'où ils étaient partis.

L'Aigle avait demandé à Bessie :

— Où voulez-vous que je vous conduise ? Désirez-vous retourner à mon nid d'aigle ? A présent que les Hindous l'ont quitté, vous y seriez en sûreté...

« Je sais bien que je dois vous inspirer quelque méfiance, mais vous savez aussi que je suis un homme de parole et je vous affirme sur mon honneur que vous ne courrez aucun danger si vous acceptez de venir dans ma retraite ! Vous pourrez la quitter dès que vous le voudrez et je m'engage à ne mettre aucune entrave à votre liberté. Regardez-moi, miss Bessie, et bien que je sois masqué, dites-moi si j'ai l'air d'un homme qui ment !

Mais Bessie ne tenait pas à rester plus longtemps en compagnie de son sauveur dont les yeux ardents brillaient derrière son masque de velours noir.

A demi dévêtue, les vêtements déchirés, son corsage en lambeaux, Bessie était gênée par les regards que l'Aigle fixait sur sa poitrine et ses bras nus...

Elle avait hâte de s'éloigner de cet homme inquiétant dont elle ne devinait que trop l'amour...

Et cet amour, qu'elle remarquait et ne pouvait partager, la troublait, arrêtait sur ses lèvres les mots de remerciement et empêchait l'effusion de sa reconnaissance.

Elle murmura :

— Descendez-moi près d'ici... n'importe où... Je saurai revenir toute seule à Dusty Bend.

— C'est bien loin...

— Je connais le chemin et puis les Hindous n'étant plus là, je n'ai rien à craindre.

L'Aigle, en soupirant, avait accédé au désir de la jeune fille.

Mais, une fois à terre, lorsqu'il l'eut aidée à descendre, l'aviateur lui dit simplement :

— Miss Watson... dans votre intérêt... vous devriez m'épouser... Si vous ne devenez pas ma femme, votre vie sera continuellement en danger, et votre... fiancé sera impuissant à vous protéger contre vos ennemis... Vous l'aimez donc tant que cela, cet homme ? Je sais bien que l'attitude que les événements m'ont obligé de prendre envers vous n'est pas de nature à m'attirer votre sympathie, mais il ne s'agit là que d'un fait isolé que mon affection pour vous aurait rapidement fait de vous faire oublier.

« Ne me croyez-vous pas digne de votre amour ou bien avez-vous donné votre parole ?

Bessie secoua doucement la tête...

— Je ne puis faire ce que vous me demandez... dit-elle. Je n'oublie et n'oublierai pas les services que vous m'avez rendus et vous pouvez être assuré que, le cas échéant, vous trouverez toujours en moi l'aide que vous êtes en droit d'en attendre... Mais vous le savez et ne pouvez en douter : mon cœur ne m'appartient plus et l'homme à qui je l'ai donné n'est pas de ceux auxquels on puisse jouer la comédie. Je vous conseille donc d'abandonner tout espoir et de ne rien tenter qui me désoblige ou désoblige M. Justin Garret...

« Merci et adieu...

Et après un bonjour amical de la main à Dick, elle partit en courant, craignant qu'emporté par la passion l'Aigle ne revînt sur sa décision et ne mît encore entrave à sa liberté.

Mais il n'avait pas cette pensée...

Il reprit sa place dans l'hydravion,

la tête tristement baissée, et dit à Dick :

— Retournons à notre nid, Dick... Peut-être pourrons-nous encore être utiles à cette jeune fille...

Bessie Watson, ayant couru une centaine de mètres, s'était arrêtée, confuse.

Elle se reprochait son ingratitude envers son sauveur, sa sotte crainte, et faisant demi-tour elle se disposait à retourner vers lui pour s'excuser, lui dire toute sa reconnaissance...

Mais l'hydravion avait pris son vol, et, rêveuse, Bessie le regarda lentement monter, puis, augmentant sa vitesse, aller se perdre dans les nuages...

Une sensation de froid qu'elle éprouva la rappela au sentiment de la réalité...

L'Aigle, en l'aidant à descendre, avait bien jeté une couverture sur ses épaules, mais le vent qui se levait glaçait désagréablement sur sa peau ses vêtements encore mouillés...

Elle se remit à courir pour se réchauffer, se dirigea vers les dunes et là s'orienta...

Au loin, un groupe de maisons.

Pas un village... à peine un hameau...

N'importe, à défaut de vêtements, Bessie trouverait, sans doute, à louer un cheval.

Elle n'avait pas d'argent, ayant laissé son portefeuille dans la veste qu'elle avait retirée sur le yacht pour se jeter à l'eau ; mais elle avait au poignet un bracelet-montre d'une grande valeur, un des rares bijoux conservés lors de la ruine de son père...

Elle se dirigea vers les maisons...

Les habitants de ces demeures primitives construites en branchages, en torchis, étayées par des poutres à peine équarries, étaient, pour la plupart, des bûcherons occupés à abattre les arbres des forêts voisines. Ils faisaient avec ces arbres des trains de bois qu'ils lançaient sur une rivière distante de quelques milles et qu'ils allaient vendre loin de là...

Moitié forestiers, moitié cow-boys et chasseurs, les gens de ce pays isolé avaient naturellement presque tous des chevaux.

Bessie Watson n'eut donc pas grand'peine à décider l'un d'entre eux non à lui vendre, mais à lui prêter son cheval en échange du bracelet qui serait rendu lorsqu'on ramènerait le cheval et qu'on paierait le prix demandé par le cow-boy qui consentait à ce marché.

Il va de soi que nul ne s'étonna du singulier accoutrement de Bessie et qu'aucune question ne lui fut posée sur sa présence insolite en ce pays...

Dans la libre Amérique, on ne s'étonne pas facilement et l'on trouve parfaitement naturelles des choses que nous estimerions très invraisemblables.

Bessie Watson, grâce à son rapide coursier, refit en deux jours le chemin suivi par les Hindous, dormant à la belle étoile, se nourrissant des fruits sauvages qu'elle cueillait, tandis que, plus heureux, son cheval broutait l'herbe épaisse des prairies qu'on traversait.

N'ayant pas un penny, Bessie ne pouvait, en effet, aller se restaurer et se reposer dans les hôtelleries, d'ailleurs assez rares, des villages où elle passait...

Exténuée, elle arriva enfin à Dusty Bend.

Mais ses tribulations et ses fatigues furent oubliées lorsque Justin Garret la pressa sur son cœur aux acclamations des fidèles cow-boys réjouis de son retour inespéré.

Bessie dut raconter ce qui lui était advenu...

— Nous connaissions une partie de vos aventures, dit Justin.

— Par qui donc ?

— Par Lola, qui est présentement à l'hôtel, ayant fui la case du chef hindou où elle a bien voulu nous conduire hier soir...

« Mais Achmot et ses serviteurs avaient déjà fui...

« Oui, c'est Lola qui nous a raconté votre capture par Ali-Pendjed et son dessein de vous conduire à Virgin Island.

« Si vous étiez arrivée quelques heures plus tard, vous n'auriez trouvé personne ici que Soria, car nous étions en train de faire nos préparatifs pour nous rendre à Virgin Island, où Lola devait nous conduire.

— Eh bien ! dit gaiement Bessie, grâce à l'Aigle, cette chevauchée vous est épargnée et nous resterons ici...

« Mais cette pauvre Lola, que va-t-elle devenir ?

— Je pense, dit Justin, que vous devriez la prendre avec vous, sinon comme femme de chambre, du moins comme dame de compagnie...

« Elle a une peur horrible de la vengeance d'Ali-Pendjed, et ne veut à aucun prix retourner avec ses compatriotes...

— Lola nous a rendu de grands services, Justin... Il est juste qu'à notre tour nous la protégions... Elle sera ma compagne et mon amie...

— All right !... Il faut toujours être reconnaissant pour les services rendus, Bessie...

Cette phrase fit rougir la jeune fille.

Elle pensa à la façon un peu cavalière dont elle avait pris congé de son sauveur.

Elle s'en expliqua franchement au détective, qui se mit à rire :

— Eh ! quoi ! l'Aigle n'a pas renoncé à son désir de vous épouser, mon amour ?...

« C'est un amoureux obstiné...

« Pourtant il a une compensation... Il a la bague de jade.

Bessie, malicieuse, demanda :

— Mais vous, Justin, trouveriez-vous que c'est une compensation, et préféreriez-vous la bague de jade à votre Bessie ?

La seule réponse que méritât une pareille question était un baiser.

Justin Garret n'hésita donc pas à répondre.

CHAPITRE IX

OU DUGAN REPARAIT

Le jour suivant, Justin Garret, levé de bonne heure, accueillit par ces mots Bessie qui avait fait la grasse matinée :

— Ma chérie, il faut que je vous quitte jusqu'à demain...

— Oh ! pourquoi cela ?...

— Parce que Dugan est arrivé cette nuit avec ses hommes et sa fameuse compagne Rosa Brock.

Bessie fronça les sourcils...

— Je dois donc m'attendre à quelque nouvelle attaque...

— Non, dit Justin Garret tranquillement, et voici pourquoi :

« Je pars à l'instant pour New-York et vais remettre à la douane les pierres précieuses trouvées dans le bas de votre robe et estimées par Dugan et sa bande à cent mille dollars au minimum.

« Deux heures après mon départ, Bout d'Homme se rendra au Dance Hall, il feindra de se griser et racontera à un des affiliés de Dugan que je

Film Pathé.

A leur grande stupéfaction, Justin et Bessie venaient de reconnaître Rosa Brock, leur ennemie acharnée.

Film Pathé.

La case de l'Aigle, effondrée, roula dans un horrible fracas jusqu'au fond du ravin où elle s'écrasa.

Malgré la résistance de Bessie, l'homme parvint à ouvrir la porte.

Film Pathé.

Usant de tous les moyens, elle cherchait à lui faire lâcher prise.

Film Pathé.

N'osant faire feu de peur d'attirer les cow-boys, Dodds frappait le détective avec la crosse de son revolver.

viens de partir à l'instant, porteur des diamants que je vais restituer...

Bessie se mit à rire.

— Je comprends... Ils vont tous courir après vous...

— En pure perte, et ils rentreront furieux, éreintés et sans la moindre envie d'envahir l'hôtel Watson, puisque les diamants n'y sont plus...

— Ne pensez-vous pas qu'ils pourront chercher à se venger ?

— Contre vous ?

Le détective haussa les épaules.

— Vous ne connaissez pas la mentalité de Dugan... Pour l'argent, il est capable de tout... mais quand il n'y a rien à voler, il reste tranquille.

« Il n'est pas assez sot pour risquer, par dépit, une violence qui pourrait lui coûter cher et provoquer une arrestation qu'il doit s'étonner de voir tant tarder à se produire.

« Notre bienveillance à son égard l'inquiète, soyez-en sûre, et il doit en chercher le motif...

— Qu'il apprendra bientôt à ses dépens.

— Je l'espère... A demain, mon amour... N'ayez aucune crainte pour vous, ni pour moi... Tom et Nick sont prévenus... Ils couchent devant votre porte et Bout d'Homme a résolu de s'installer sur le toit, au-dessus de votre chambre, pour surveiller la rue... Quelques cow-boys passeront la nuit dans la grande salle du bas... Au revoir !

Après avoir témoigné à Bessie tous ses regrets de la quitter et toute son affection, Justin Garret se disposa à partir. Il descendit dans la salle du bas, s'entretint avec les clients de connaissance et conta aux uns et aux autres tout ce qu'il crut de nature à jeter le doute dans l'esprit de ses ennemis.

Quelques minutes après, le détective faisait semblant de partir à cheval, allait cacher sa monture chez un cow-boy dévoué, gagnait à pied la gare d'Euston Halte et prenait le rapide pour New-York.

Bout d'Homme, fidèle à la consigne donnée, laissait s'écouler deux heures, allait boire au Dance Hall où il n'avait jamais cessé de se montrer, bien qu'il fût regardé de travers par les affiliés de Dugan. A vrai dire, c'était un endroit public dont il était difficile de lui interdire l'accès, d'autant plus que plusieurs affiliés du Double-Cercle venaient, de leur côté, s'abreuver à l'hôtel Watson, dans l'espoir, eux aussi, d'apprendre quelque chose...

L'idée de Justin Garret eut le succès attendu.

Les révélations de Bout d'Homme, qui paraissait effroyablement ivre, furent rapportées à Dugan qui n'hésita pas une seconde à se mettre en selle à la tête d'un groupe de partisans pour tâcher de rattraper le détective, porteur des diamants.

Dugan trouva la trace du cheval de Justin, suivit cette piste jusqu'à la maison du cow-boy dévoué au détective et là, trompé par les mêmes traces du cheval que le cow-boy complice avait enfourché sur les ordres de Garret et conduit à une très grande distance avant de le ramener, Dugan s'égara, courut toute la journée, revint sur ses pas, et finalement, après une battue infructueuse, dut rentrer, tout penaud, à la nuit tombée.

Il avait enfin compris le tour que lui avait joué le détective.

Rosa Brock, soucieuse, déclara :

— Ce détective et sa fiancée sont nos mauvais génies, Dugan...

« Jusqu'ici, ils ont déjoué tous nos pièges, et c'est miracle que nous ne les ayons pas trouvés sur notre chemin pendant notre expédition de ces jours-ci...

— Qui a admirablement réussi, car nous avons passé en contrebande pour plus de...

— Eh ! interrompit violemment Rosa, nous avons réussi justement parce qu'ils ne nous barraient pas la route et ne s'occupaient pas de nos affaires.

— Ce qui est bien surprenant après la déclaration de Garret, vous rappelez-vous, quand je le tenais prisonnier et qu'il a refusé de rester neutre ?...

— Evidemment, cet homme poursuit un but...

— Qui est de nous mettre la main au collet...

Rosa Brock haussa les épaules.

— Si c'était dans son idée, Dugan, il y a longtemps que ça serait fait...

« Votre maladresse lui a fourni assez d'occasions de nous arrêter...

Dugan ne daigna pas se disculper...

— J'en arrive, dit-il pensif, à me demander si c'est bien pour nous qu'il a établi son quartier général à Dusty Bend...

— Pour qui donc serait-ce ?

— Je ne sais pas... Cette Bessie Watson, installée à Dusty par lui, me semble être un appât destiné à attirer d'autre gibier que nous...

« En somme, voyez comme le détective et miss Watson s'occupent peu de nous...

« C'est nous qui les avons forcés à se défendre contre nos attaques qui avaient pour but de reprendre les diamants...

« En réalité, miss Rosa, ces gens-là sont continuellement occupés avec cet aviateur masqué et ces Hindous qui tous cherchent à s'emparer de miss Bessie...

— C'est vrai... Il y aurait peut-être intérêt pour nous à nous mêler de cela...

— Ah ! non ! protesta Dugan, ne compliquons pas les choses.

« Laissons-les régler entre eux leurs affaires qui ne nous regardent pas, et occupons-nous seulement des nôtres... La contrebande marche à souhait, et...

Rosa Brock lui mit la main sur l'épaule.

— Dugan, dit-elle en baissant la voix, tout n'est pas fini avec les diamants...

« Certes, c'est une grosse perte pour nous que ces cent mille dollars...

« Mais il y a autre chose qui me faisait désirer ardemment de rentrer en possession de cette malle... et qui me le fait désirer bien plus à présent que ce maudit détective est l'allié ou le fiancé de cette jeune fille...

— Quoi donc ?

— Cette malle a un double fond... un casier secret contenant des papiers... et autre chose...

« Mais ces papiers, Dugan... ces papiers ont une importance capitale...

« Ils sont la preuve que je ne suis pas Rosa Brock...

Dugan pâlit.

— S'ils découvrent le secret du casier, je suis perdue !... et vous tous avec moi...

Dugan tressaillit et murmura :

— Vous aviez raison, miss Rosa, les cent mille dollars de diamants ne sont que bagatelle, à côté de cela...

« Il faut, à tout prix, rentrer en possession de cette malle...

« Mais comment faire ?

Rosa Brock insinua :

— Garret est absent, puisqu'il est à New-York... On pourrait peut-être, cette nuit...

Dugan s'exclama :

— Jamais de la vie ! Ne voyez-vous pas qu'un piège nous a été tendu par le détective et que je suis tombé dedans?... Il y a longtemps que les diamants ont été rendus par lui...

« Ce voyage n'est qu'une feinte, Rosa Brock, j'en ai la conviction...

« Le détective a fait semblant de partir pour que, profitant de sa prétendue absence, nous allions attaquer l'hôtel Watson...

« Mon pressentiment me dit qu'il n'est pas loin, qu'il nous guette avec d'autres détectives, des policemen, et qu'il doit escompter cette tentative nocturne...

« Non... non... Dugan ne se laissera pas prendre!

« Ne vous déplaise, nous ne tenterons rien pour l'instant contre l'hôtel Watson...

Le raisonnement de Dugan était si logique en apparence, que Rosa Brock se rendit aux raisons de son associé.

— Oui, peut-être, dit-elle, nous commettrions une imprudence... Restons tranquilles pour l'instant...

Cette tranquillité ne devait pas durer. Mais ce n'est pas contre l'hôtel Watson que Dugan devait lancer sa nouvelle attaque.

Le lendemain, Justin Garret, de retour de son voyage, dit gaiement à Bessie :

— Eh bien! j'avais raison? Il ne s'est rien passé...

« Ces imbéciles ont employé toute leur journée à courir après moi... Ils en ont été pour leurs frais... Et à l'avenir ils perdront encore leur temps, car nous allons quitter Dusty...

— Comment cela?

— Ma chère Bessie, votre présence en cet hôtel n'est plus nécessaire et j'ai prévu pour vous, au ranch Blakeley, une installation plus confortable...

« Sans vous prévenir, voulant vous faire la surprise, j'avais, il y a quelques jours, donné des ordres en conséquence, et nous pouvons aller prendre possession, dès demain, de votre nouvelle habitation.

Et à Bessie enchantée, le détective expliqua que, bien que largement rétribué par le gouvernement, il possédait des rentes personnelles et qu'il avait hérité, deux mois auparavant, d'un vieil oncle, ce fameux ranch Blakeley.

C'était une très grande propriété entourant une vaste maison et sur cette propriété vivaient un grand nombre de cow-boys dévoués corps et âme à la famille de Justin Garret.

Bessie Watson serait là en parfaite sécurité, à l'abri de toute tentative des partisans de Dugan, qui seraient rudement châtiés s'ils osaient tenter le moindre acte hostile.

— Et puis, dit Garret en souriant, il est urgent, ma chère Bessie, que vous fassiez connaissance avec les biens de votre mari...

— Mais, demanda Bessie, allons-nous laisser la bride sur le cou à ces coquins du Double-Cercle?...

— Non, dit vivement Garret, notre mission ne prendra fin qu'après l'arrestation de Dugan et de sa bande... et c'est pourquoi nous quittons précisément Dusty Bend, pour leur inspirer une confiance trompeuse...

« Bout d'Homme restera ici pour gérer l'hôtel Watson, que vous serez censée lui avoir vendu, et il gardera avec lui quelques bons compagnons triés sur le volet.

« Par Bout d'Homme, nous serons renseignés sur les faits et gestes de Dugan, qui sera pris au moment où il s'y attendra le moins...

Bessie battit des mains.

Rien ne pouvait plus lui agréer que ce changement de résidence.

Elle commençait à se lasser de Dusty Bend, maussade bourgade, divisée en deux camps, les affiliés de Dugan et les partisans de Tom et de Nick, et où l'on pouvait toujours s'attendre à des batailles, des violences de toutes sortes qui pouvaient, un jour ou l'autre, avoir une issue fatale.

La vie de Bessie Watson avait été suffisamment agitée depuis son arrivée à Dusty Bend pour qu'elle envisageât avec joie l'espoir d'une vie plus calme, dans un pays plus hospitalier...

Elle alla, toute joyeuse, annoncer cette nouvelle à Lola qui, mélancolique, rêvait dans sa chambre.

L'Indienne accueillit avec non moins de joie cette nouvelle, car elle redoutait toujours un retour offensif des Hindous.

Elle pensa qu'ils ne viendraient pas en cette nouvelle résidence.

Justin Garret, de son côté, donna à Bout d'Homme ses instructions et mit au courant de ses intentions les fidèles Tom et Nick.

Quant à Soria, on oublia de le renseigner.

Il ne sortait plus de la cuisine et commençait à s'adonner à la boisson pour être toujours en état de courage, afin qu'il ne lui arrivât plus tous ces ennuis qui étaient tombés sur lui la veille du jour où il allait cesser d'être poltron.

Il s'était promis de prendre une éclatante revanche sur les rieurs et il s'était personnellement juré d'accomplir à la première occasion des prouesses qui émerveilleraient les indigènes de Dusty Bend et qui au besoin porteraient sa renommée de vaillance et de courage jusque dans les plus grandes cités des Etats-Unis.

Comment et par qui furent renseignés Rosa Brock et Dugan ?

C'est ce qu'il fut difficile de savoir. Un cow-boy trop bavard ou quelque traître ?

Toujours est-il que deux heures après que Justin Garret avait annoncé secrètement la chose à Bout d'Homme, à Tom et à Nick, Dugan et Rosa savaient le départ du détective et de Bessie pour le ranch Blakeley.

— En d'autres temps, dit Dugan, je me serais réjoui de voir Dusty débarrassé de ces gens-là...

— Oui, dit Rosa, s'ils n'avaient emporté ma malle !...

— Justement, et il est trop tard pour rien tenter ici...

— Cela vaut mieux, Dugan... Voilà assez d'histoires à Dusty... Le shérif commence à nous regarder de travers... J'ai su qu'il était très mécontent parce qu'on l'accuse de laisser passer trop de marchandises en fraude...

« De plus, on lui reproche son incapacité et sa faiblesse...

« Une lettre, venue de New-York, lui a porté un blâme !

— C'est sûrement Garret qui aura porté plainte contre lui, parce qu'il n'a pas pris parti pour miss Bessie...

— Qu'importe ? Il nous regarde d'un mauvais œil, vous dis-je... et à la moindre violence il n'hésiterait pas à sévir contre nous... Vous allez donc prévenir quelques hommes dont vous êtes absolument sûr et qui nous accompagneront dans notre nouvelle randonnée, car ici nous avons pour l'instant tout à perdre. Profitons de cette excellente occasion qui s'offre à nous d'avoir l'avantage sur Justin Garret et Bessie Watson et pendant qu'ils se croient seuls à savoir le but de leur expédition mettons-nous à leur poursuite.

« Croyez-moi... c'est au ranch Blakeley qu'il faut agir !...

CHAPITRE X

LE DIAMANT BLEU

La nuit tombait lorsque Bessie Watson, Lola et Justin Garret, escortés de quelques cow-boys, arrêtèrent leurs chevaux blancs d'écume devant la porte de l'antique maison construite au centre de la magnifique propriété des parents de Garret.

Des serviteurs accoururent, débarrassèrent la voiture attelée de quatre chevaux, des bagages des nouveaux venus.

Conduite par son fiancé, Bessie prit immédiatement possession de l'appartement qui lui était destiné au premier étage et qu'elle trouva orné de fleurs.

L'appartement de Justin Garret était en face, et à côté de la chambre de Bessie se trouvait la chambre réservée à Lola qui, tout de suite, s'occupa d'installer les malles et veilla au transport des colis.

Un repas fut rapidement servi aux voyageurs qui étaient harassés et ne demandaient qu'à goûter un repos bien légitime. Les vieux domestiques, qui n'étaient pas accoutumés à veiller si tard, profitèrent de l'autorisation qui leur était donnée pour gagner leurs chambres.

Seule, Lola resta, prête à servir sa nouvelle amie et maîtresse.

Tandis qu'elle arrangeait sa chambre, en attendant les dernières instructions de Bessie, cette dernière, résistant à l'envie de dormir, ouvrait ses malles, sous l'œil amusé de Justin Garret.

— Et maintenant, dit Bessie triomphante, la dernière malle... la malle aux diamants... la malle aux cent mille dollars... la malle du Double-Cercle !...

« Et ensuite, mon cher ami, vous rentrerez chez vous vous coucher.

— C'est entendu... Je vais vous aider à faire ce dernier inventaire et à vider cette malle fatale...

« Ah ! nous avons enfin la certitude que Dugan et ses amis, à présent, ne viendront plus nous chercher noise pour s'emparer de ce colis si vieux et si laid !

— Croyez-vous ?...

— Dame ! Il n'y a plus la fameuse robe... Elle est restée chez Ali-Pendjed... et, lors même qu'elle y serait, comme elle est privée de sa doublure de diamants, la malle qui enfermait ce trésor n'a plus de valeur aux yeux des bandits du Double-Cercle...

— C'est assez juste, ce que vous dites là, mon cher Justin.

« Et c'est grand dommage qu'ils n'aient plus envie de cette malle, parce qu'à présent que je sais quel but ils poursuivaient en voulant s'en emparer, je n'hésiterais pas à la leur offrir.

« Surtout maintenant qu'elle est vide !

La malle, en effet, était vide et son contenu était étalé sur le lit et sur des chaises.

Justin Garret s'approcha...

— Je vais vous débarrasser de cette horreur, Bessie, en portant cette malle dans le corridor, et demain je la ferai brûler...

Il avait soulevé la malle.

— Oh ! par exemple ! fit-il.

— Quoi donc ?

— Ecoutez, Bessie... Ne dirait-on pas qu'il y a encore quelque chose dedans ?... Ecoutez...

Il secoua violemment la malle.

On entendait comme un grincement

étouffé, le frottement d'un corps dur...

— Il doit y avoir un double fond ! fit Bessie.

— Je le crois aussi...

— Mais ce double fond ne saurait cacher des choses considérables.

« L'espace entre les deux parois est trop mince...

Curieusement, ayant pris son grand couteau de poche, Garret enfonçait la lame dans le fond de la malle et tirait d'un geste brusque.

La planche qui formait le fond se souleva aussitôt, découvrant la cachette qu'un ressort faisait mouvoir, lequel ressort avait été brisé par le coup violent porté par Garret.

Contre la seconde paroi, il vit des papiers écrasés... et un petit paquet fait de chiffon et de papier très mince...

Bessie s'empara du paquet, Justin se saisit des liasses de papier...

— Oh ! my darling ! s'écria Bessie extasiée, voyez la belle pierre !

Elle montrait, retiré des linges qui le protégeaient, un magnifique diamant légèrement teinté de bleu, pierre sans doute unique en son genre, car sa grosseur égalait, à peu de chose près, celle du légendaire Régent...

Le diamant avait environ trois centimètres de diamètre...

C'était donc une pierre précieuse d'une inestimable valeur.

Justin Garret, d'abord interloqué à la vue du diamant bleu, jeta ensuite un cri de triomphe :

— Je le tiens donc enfin, ce fameux joyau volé à la couronne du sultan d'Indra-Pourah... ce richissime prince indien venu, il y a trois ans, en Amérique, pour fuir la domination anglaise !...

« Oui, c'est bien là ce bijou que les Hindous appelaient « l'Œil-de-Siva », célèbre dans l'histoire de leur pays...

« Une légende merveilleuse est racontée au sujet de cette pierre.

« Que de mal s'est donné la police pour retrouver « l'Œil-de-Siva » !

« Le prince d'Indra-Pourah avait promis cinquante mille dollars à qui le retrouverait et il s'offrait à payer tous les frais que nécessiterait sa recherche.

« Il a, en effet, payé tous les frais, qui étaient énormes, mais nous n'avions jamais trouvé cette pierre.

« Il est mort sans avoir eu la joie de nous voir réussir.

« Et une fois qu'il a été mort, aucun héritier ne voulant continuer à payer les frais de cette recherche, l'affaire a été classée et nul ne s'en est plus occupé...

— Et sait-on qui avait volé cette pierre ?

— Oh ! certainement, une aventurière d'origine anglaise... Eva Darling.

« On n'a pas de preuves absolues, mais de grandes présomptions.

« Cette personne, jolie d'ailleurs, et qui avait capté la confiance du prince d'Indra-Pourah qu'elle approchait quotidiennement, a mystérieusement disparu en même temps que le diamant bleu et, depuis, on n'a plus trouvé trace du diamant ni de la femme.

— Enfin, aujourd'hui, nous avons toujours le diamant !...

— Ce qui ne m'intéresse guère... mais nous allons probablement avoir la femme, ce qui est beaucoup plus passionnant.

« Il ne s'agit que de savoir exactement à qui appartenait la malle lorsqu'elle a été expédiée, avant d'être volontairement oubliée en consigne...

— Ne serait-ce point cette Rosa Brock ?

— Peut-être... mais a-t-elle agi à l'instigation d'une tierce personne, ou bien était-elle la détentrice de ce diamant?...

Rêveur, les mains derrière le dos, le détective contemplait le diamant bleu que Bessie s'amusait à faire chatoyer sous une ampoule électrique.

Soudain, une détonation sèche...

Le bruit d'une vitre brisée, le sifflement d'une balle et l'obscurité la plus complète...

Avant que, saisis de stupeur, Bessie et Garret aient pu appeler au secours, la chambre était envahie par une dizaine d'hommes armés qui avaient pénétré sans bruit dans le corridor...

— La lumière ! dit une voix rude...

Deux lampes de poche jetèrent aussitôt leur projection sur Bessie et Garret, en même temps que la voix de Doods qui s'était déjà fait entendre ordonnait :

— Les mains en l'air et pas un mouvement, ou je ne réponds plus de vous...

Des revolvers étaient braqués sur eux...

Dociles, Bessie et son fiancé obéirent sans mot dire.

Doods demanda alors :

— Où est le diamant bleu?

Inquiet, le détective regarda Bessie qui sourit.

— Cherchez, dit-elle simplement.

Doods eut un geste de menace.

Son regard parcourut la pièce, tomba sur la malle.

Ses yeux brillèrent.

— Inutile de chercher, dit-il à ses hommes... Ils n'ont pas trouvé la cachette... Le diamant est là... Emportez la malle...

Au même instant, du dehors, une voix que Garret et Bessie reconnurent, celle de Dugan, criait :

— Alerte ! tout le monde s'éveille... les cow-boys du ranch arrivent... Sautez par la fenêtre...

Les bandits ne se firent pas répéter l'invitation...

Par la fenêtre ouverte, ils jetèrent la malle, sautèrent ensuite et tombèrent les uns sur les autres.

Peu après, ils étaient hors de toute atteinte.

Lorsque serviteurs et cow-boys accoururent, il était trop tard.

On entendait, au loin, le galop des chevaux.

Bessie éclata de rire.

— Les voleurs sont encore volés !...

Justin Garret allait demander une explication lorsqu'il entendit un bruit sourd contre la cloison et la voix de Lola.

L'Hindoue, enfermée par les bandits, appelait à l'aide.

On la délivra aussitôt et on eut par elle l'explication de ce qui s'était passé.

Ayant rangé les vêtements, elle s'était mise à la fenêtre, attendant que le détective eût quitté Bessie pour venir aider la jeune fille à se dévêtir.

Elle avait alors cru voir des ombres se glisser derrière les arbres.

Peu accessible à la crainte, Lola était descendue, avait ouvert la grand'porte pour s'assurer qu'elle ne s'était pas trompée, ne voulant pas donner inutilement l'alarme.

Aussitôt, deux bandits, postés contre le mur, avaient sauté sur elle, l'avaient bâillonnée tandis qu'un homme aidé par une femme arrivait traînant une échelle.

Elle avait reconnu l'homme, le chef : Dugan !...

Il avait ri en voyant l'Hindoue aux mains de ses affiliés et avait dit simplement :

— Cette stupide créature nous évite la peine d'enfoncer la porte... Emmenez-la avec vous... Jetez-la dans une chambre que vous fermerez à clef !... Cachez-vous dans le corridor et attendez mon coup de revolver pour vous précipiter dans la chambre...

· Alors, Doods, vous immobiliserez les deux amoureux et vous vous ferez livrer le diamant bleu caché au fond de la malle, à moins que vous ne trouviez la malle... Dans ce cas, emportez-la et venez vite... »

Tout en parlant, Dugan avait placé son échelle contre le mur, à côté de la fenêtre de la chambre de Bessie, la seule de la maison qui fût éclairée, Lola ayant éteint partout avant de descendre.

Et il avait commencé à gravir les échelons pendant qu'étouffant le bruit de leurs pas les bandits se glissaient dans la maison et gagnaient le premier étage.

Avec la résignation fataliste de sa race, Lola n'avait opposé aucune résistance puisqu'elle était la plus faible, ayant déjà remarqué qu'en pareil cas le plus sage parti est de se soumettre et que toute velléité de résistance ne sert qu'à exciter ceux qui sont les plus forts.

Elle s'était laissé emporter et jeter dans sa chambre dont on avait fermé la porte à clef.

Là, patiemment, Lola s'était exercée à détacher la corde qui serrait ses poignets et, comme le nœud avait été hâtivement fait, elle y était parvenue sans trop de peine.

Elle avait alors arraché son bâillon et elle allait prévenir Garret et Bessie, lorsque avait éclaté le coup de feu qui avait fait se ruer les bandits dans la chambre.

Dugan, tireur de première force, avait, en tirant, brisé le commutateur et fait l'obscurité dans la pièce où il avait vu Bessie admirer le diamant.

Il avait pensé que Doods et les siens se ruant au même moment dans l'obscurité auraient trouvé Bessie tenant encore le diamant entre ses doigts ou que la frayeur le lui aurait fait lâcher ; en tous les cas, qu'il serait aisément retrouvé.

Or, Dugan s'était trompé encore une fois.

Il avait oublié l'ordre donné à Doods, ses intructions concernant la malle qui devait contenir le précieux diamant.

Doods avait obéi, exécuté ponctuellement l'ordre donné, ignorant que, précisément, quand son chef avait tiré, la pierre était entre les doigts de Bessie.

Et c'est pourquoi, voyant la malle, il n'avait pas suivi le malicieux conseil de la jeune fille...

Mais Bessie Watson, en entendant le coup de feu, avait tout de suite compris que quelqu'un avait vu le diamant et, machinalement, elle l'avait jeté dans une jardinière qui se trouvait près d'elle...

C'est pourquoi elle riait aux éclats en pensant à ceux qui croyaient triompher parce qu'ils avaient enfin emporté la fameuse malle...

Après le récit de Lola, elle dit au détective :

— Vous pouvez remercier et renvoyer tous ces braves gens... nous passerons, je crois, une nuit tranquille...

« Les affiliés de Dugan ne songeront pas à ouvrir la malle avant leur retour à Dusty, qui est à cinquante milles d'ici...

« Et quand ils reconnaîtront qu'ils sont venus pour rien, il fera jour...

Justin Garret congédia serviteurs et cow-boys, levés en hâte et accourus à son secours, leur enjoignant, toutefois, de faire plus que jamais bonne garde.

CHAPITRE XI

LE DOUBLE-CERCLE S'ÉCLIPSE

Ce ne fut qu'à quelques milles de Blakeley, quand on ralentit pour laisser souffler les chevaux, après avoir acquis la certitude que personne ne les poursuivait, que Dugan s'avisa de demander à Doods :

— Où avez-vous mis le diamant bleu ?

— Je n'y ai pas touché, fit Doods... Il est dans la malle...

— Vous l'avez mis dans la malle, dit Dugan, pourquoi ?

— Je n'ai pas eu à le mettre dans la malle puisqu'il y était.

On s'expliqua.

Dugan et Rosa Brock apprirent avec fureur que, pour avoir trop fidèlement exécuté les ordres donnés, Doods avait bien volé la malle, mais n'avait pas pris le diamant qui scintillait aux doigts de Bessie.

— Malédiction ! gronda le chef... encore un coup raté.

« Quand je vous dis, miss Rosa, que ces gens sont des démons !

— C'est vous qui êtes stupide, riposta aigrement le grand chef du Double-Cercle.

« Si vous aviez écouté mes conseils, vous auriez envahi l'hôtel Watson pendant que Garret était réellement à New-York, et non caché aux environs comme vous le supposiez.

La réponse était si juste que Dugan, vexé, se tint coi.

Rosa Brock en profita pour continuer ses récriminations...

— Tout va de travers depuis que je vous laisse tout diriger à ma place, Dugan.

« Les affaires ratent...

— Ah ! permettez... pas toutes !

— Oui, celles que je dirige moi-même, comme la dernière... mais les autres.

« Des affiliés nous abandonnent... témoin ce Sammy Wilky envoyé en mission et qui n'est pas revenu.

— Il est peut-être en prison.

— Et pour se préserver du maximum de peine, il nous trahira...

— Non, dit Dugan avec fermeté, aucun Double-Cercle n'a jamais trahi ses camarades... Celui qui trahirait sait ce qui l'attend...

— Je vous dis que tout va mal, Dugan.

« Et à présent, nous sommes brûlés à Dusty.

« Le shérif qui nous a vus quitter le village cet après-midi a froncé les sourcils d'un air très irrité et a échangé à voix basse quelques mots avec son chef de police, qui, lui aussi, nous regardait de travers.

« Demain, par petits groupes, nous quitterons Dusty... je le veux !

— Et où irons-nous ? demanda Dugan avec humeur.

— A San Carlos... Il y a beaucoup à faire pour nous en ce pays...

« Nous pourrons opérer longtemps en toute sûreté...

— Et ma maison... mon Dance Hall ?

— Vous laisserez des affiliés sûrs qui surveilleront l'hôtel Watson.

« Il est temps de nous faire oublier à Dusty et il faudra trouver près de San Carlos une autre cachette pour y mettre nos marchandises de contrebande...

— Alors, vous renoncez au diamant bleu ?

— Jamais de la vie !... Savez-vous que ce diamant représente trois cent mille dollars au moins... j'entends en le vendant à perte ?

— Nous ne pourrons jamais le vendre en Amérique...

— Aussi n'est-ce point en Amérique qu'il sera vendu, mais en Europe... et c'est moi qui m'en chargerai.

— Si vous mettez la main dessus, lança Dugan goguenard...

Rosa Brock ricana :

— Cela aura lieu plus tôt que vous ne pensez... Mais assez causé... activons notre marche... Il y a encore loin d'ici à Dusty...

Il y avait, en effet assez loin, car la bande du Double-Cercle n'arriva qu'à la fin de la nuit, et, sur l'ordre de Rosa, traversa sans bruit le village encore endormi.

Il était bon de ne pas fournir au shérif matière à réclamations au sujet de ces randonnées nocturnes qui troublaient le pays.

Au Dance Hall, Rosa trouva, dans sa chambre, la malle que Doods venait de faire transporter.

Elle l'ouvrit devant Dugan et ne put retenir un cri de surprise joyeuse :

— Que disiez-vous que le détective s'était emparé de mes papiers ?...

— Oui, mais il les avait remis machinalement dans la malle pour voir de plus près le diamant, et c'est alors que j'ai tiré.

— Tout n'est pas perdu, dit Rosa Brock dont le visage s'était radouci.

« Voici des papiers très importants... mon portrait...

— Brûlez vite tout ça...

— Naturellement, dit Rosa Brock...

Elle enflamma une allumette, jeta papiers et portrait dans la cheminée, mit le feu à ces dangereux documents qu'elle regarda se consumer.

Dugan poussa un soupir de soulagement.

La destruction de ces papiers lui procura une agréable nuit.

Mais le réveil fut moins agréable...

Rosa Brock, levée depuis longtemps, vint lui annoncer que le shérif s'était déjà présenté au Dance Hall et avait prié l'honorable Dugan de lui rendre visite dans l'après-midi, pour affaire le concernant.

Dugan regarda sa complice.

Elle dit, d'un ton ironique :

— Ne vous fatiguez pas à me prouver que vous ne devez pas vous rendre à cette invitation... Allez-vous-en à pied d'un air nonchalant jusqu'au croisement de la route, au nord de Dusty... Vous trouverez là votre cheval et quatre associés sûrs qui n'attendent que vous pour se mettre en selle et galoper vers San Carlos...

— Et vous ?...

— Je partirai une heure après avec Doods et quelques affiliés qui m'attendent dans le bois...

« Les autres viendront ce soir ou demain... Ils savent où nous trouver... J'ai donné mes ordres à tous.

Dugan s'inclina...

— Vous êtes vraiment notre chef, dit-il avec une nuance d'admiration... Je pars donc à l'instant...

Tout se passa comme l'avait désiré Rosa Brock.

Et, le soir, quand le shérif, impatienté d'avoir vainement attendu Dugan, se présenta au Dance Hall, escorté de quatre policiers, il eut le dépit de voir qu'il n'y avait plus d'enquête possible au sujet des louches agissements de l'honorable gentleman Dugan...

Le shérif alla épancher sa bile à l'hôtel Watson et faire ses confidences à Bout d'Homme qui l'écouta avec une attention qui flatta singulièrement le vieux magistrat.

Or, tandis que Rosa Brock quittait

Dusty, satisfaite de ne plus voir un shérif qui évoluait contre ses anciens amis et plus satisfaite encore d'avoir détruit des papiers dangereux et brûlé une photographie compromettante. Garret et Bessie s'occupaient justement d'elle à Blakeley.

— Cette femme, disait Bessie, qui accompagnait Dugan et qu'a vue Lola, n'est autre que Rosa Brock...

— C'est-à-dire Eva Darling.

— Quoi ! vous supposez ?...

— Je suis persuadé, à présent, qu'Eva Darling et Rosa Brock ne sont qu'une seule et même personne.

« La nuit porte conseil, dit-on...

« Ayant mal dormi, j'ai eu tout loisir de penser, et j'ai déduit de la présence du diamant dans cette malle et de l'acharnement de Rosa Brock à vouloir cette malle, que c'était pour avoir ce diamant bien plus que la fameuse robe.

« Et autre chose aussi m'a fait pencher vers cette opinion... C'est qu'avec le diamant se trouvaient des papiers que j'ai eu la maladresse de remettre dans la malle, et ces papiers ne peuvent être que la preuve que Rosa Brock n'est pas Rosa... mais Eva Darling...

« Elle avait, croyez-moi, autant de désir d'avoir ces papiers que le diamant...

« Aussi je vais demander à l'instant communication au service anthropométrique de la fiche d'Eva, condamnée déjà à la prison pour dix ans, il y a quelques années, et évadée pendant son transfert dans un nouveau lieu de détention...

— Faites, Justin... mais que vais-je faire de ce beau diamant ?

« Allez-vous le porter à New-York, le remettre au chef de la Police ?

« Je ne puis le conserver ici, au fond de cette jardinière !...

— Il faut le garder... ou plutôt le cacher dans un endroit sûr...

« Quant à aller à New-York... non, ma chérie... Cela ne nous a pas toujours réussi de nous séparer... J'aime mieux rester près de vous, jusqu'à ce que ces bandits soient emprisonnés.

Bessie ne pouvait qu'approuver une telle détermination.

Tout en acquiesçant, elle regardait autour d'elle, cherchant machinalement une cachette.

Ses yeux se posèrent sur une tête de cerf, sorte de trophée de chasse, clouée sur un panneau de bois suspendu au mur.

— Ah ! fit Justin qui avait suivi son regard... mais la voilà, votre cachette !...

— Cette tête ?

— Mais oui... Elle a deux cornes vissées... Je me rappelle, quand j'étais enfant et que je venais voir mon oncle... je cachais là-dedans de menus objets pour m'amuser...

Il monta sur une chaise, décrocha la tête.

— Tenez, Bessie... dit-il, regardez...

Il tourna la corne de gauche, de gauche à droite, et la retira.

A l'extrémité, il y avait un petit trou, car la vis était creuse.

— Oh ! dit Bessie, c'est merveilleux !...

Elle alla prendre le diamant, le glissa dans le creux, revissa la corne, et la tête fut remise à sa place.

Lola, entrée depuis un moment, regardait.

Elle disparut sans bruit, sans avoir été aperçue par Bessie et Garret qui riaient comme deux enfants, enchantés d'avoir découvert une cachette aussi ingénieuse.

CHAPITRE XII

LES BUISSONS ONT DES OREILLES

Une semaine s'était écoulée.

Rien n'était venu troubler les amoureux de Blakeley que, dans le pays, on surnommait les jolis fiancés.

Bessie et Justin goûtaient le doux plaisir d'être ensemble, d'échanger d'amoureux propos, de faire de poétiques promenades dans les bois, et le soir, tendrement enlacés, sous les grands arbres, ils vivaient l'exquise existence de ceux qui s'aiment et dont un prochain mariage va consacrer le bonheur...

Car ils avaient décidé que leur union allait avoir lieu dès que Justin Garret aurait reçu de la police la fiche d'Eva Darling et arrêté cette aventurière dont l'emprisonnement amènerait fatalement l'arrestation de toute la bande du Double-Cercle...

Dugan n'avait plus donné signe de vie.

Les Hindous avaient totalement disparu, ne laissant pas trace de leur fuite...

Par Bout d'Homme, Garret, renseigné sur ce qui se passait à Dusty Bend, avait appris que le shérif, en un tardif sursaut d'énergie, avait enfin organisé une active surveillance autour du Dance Hall, expulsant plusieurs individus qu'il jugeait indésirables, mais il n'avait, naturellement, pu prendre en flagrant délit les contrebandiers ni relever aucune fraude, puisque, à présent, ils opéraient à San Carlos.

Garret avait également appris le retour de l'aviateur masqué dans le pays... A maintes reprises, son avion avait survolé Dusty Bend, se risquant jusqu'à effleurer le toit de l'hôtel Watson.

On avait pu voir l'aviateur, sa lorgnette à la main, fouiller curieusement les rues avoisinant l'hôtel et essayant de voir ce qui se passait dans les cours de la maison de Bessie...

Bessie, informée de ces faits par Justin, avait dit en souriant, touchée de tant de persévérance :

— Mon amoureux obstiné me croit à Dusty et continue à veiller sur moi... C'est un brave garçon, n'est-ce pas ?

— Oui, Bessie, certainement, et je lui suis très reconnaissant de ce qu'il a fait pour vous, mais son amour ne suffit pas à m'expliquer sa façon d'agir...

« Que ce garçon vous aime, mon Dieu ! je ne puis pas lui en vouloir tant que cet amour ne se manifeste qu'en veillant sur vous et en vous sauvant la vie. Mais il y a dans la conduite de ce garçon des choses étranges que je n'arrive pas à m'expliquer et que vous-même, en dépit de votre prescience de femme, ne parvenez certainement pas à comprendre.

« Je vous l'avoue, Bessie, l'insistance, même bienveillante, de cet homme m'inquiète et me cause un malaise que je n'éprouve jamais même en face d'un redoutable ennemi.

— Oh ! Justin, vous êtes jaloux de l'Aigle ?...

— Puisque je sais que vous m'aimez, Bessie, je ne puis pas être jaloux de ce pauvre garçon...

« Je serais, au contraire, porté à le plaindre...

« Je juge sa conduite en détective et non en amoureux.

« Ce que fait l'Aigle, ce qu'il a fait au sujet de la bague, me trouble...

« Mais je vois que mon jugement

sur lui vous fait de la peine... N'en parlons donc plus, Bessie... Allez mettre votre costume de cheval, et profitons de cette belle matinée pour faire une promenade dans la forêt...

Bessie, enchantée, monta dans sa chambre et un quart d'heure après elle redescendait, allait rejoindre Garret qui, à quelques pas devant la maison, caressait les deux chevaux qu'on venait d'amener.

— Bessie, dit le détective, vous êtes plus jolie que jamais dans ce costume, mais qui vient là ?... Ah ! c'est Jim, notre sympathique facteur !...

Un cow-boy s'approchait, porteur d'une lourde sacoche gonflée de lettres.

C'était lui qui distribuait le courrier aux gens du ranch.

— Mr. Garret... beaucoup de lettres pour vous et un petit paquet...

— Merci, Jim... Au revoir... Aidez-moi, Bessie, à dépouiller la correspondance, cela ira plus vite...

Il lui remit un paquet de lettres...

— Ah ! Bessie, de New-York, dit Garret décachetant le petit colis, du chef de Police !...

Comme il prononçait ces mots, un épais buisson placé à quelques pas de là s'agita légèrement.

Cependant, il n'y avait pas le moindre vent et aucun souffle ne pouvait motiver cette insolite agitation que n'eût pas manqué d'apercevoir l'œil perçant du détective s'il n'avait été aussi absorbé dans l'examen des différents papiers qu'il parcourait, ainsi que Bessie appuyée sur son épaule...

— C'est bien cela, dit Garret triomphant... je ne m'étais pas trompé... Voici la fiche et voici la photographie d'Eva Darling... Regardez !

— C'est Rosa Brock ! dit Bessie.

— Parbleu ! puisque les deux ne font qu'une !...

« Ah ! enfin, je vais pouvoir mettre la main sur cette intéressante personne...

« Au lieu d'aller faire une petite promenade, Bessie, nous allons en faire une plus longue... Je vais aller à San Carlos procéder à l'arrestation de cette aventurière, mais, auparavant, nous allons nous rendre au télégraphe, afin d'informer la police de San Carlos qu'on tienne à ma disposition quelques policemen, parce que, vraisemblablement, les affiliés du Double-Cercle vont s'opposer par la violence à l'arrestation de leur chef.

« Ce sera très bien, parce qu'on en profitera pour les arrêter aussi et faire une petite enquête sur leur vie présente et passée.

« A cheval, Bessie, et courage, car nous nous marierons à la fin de la semaine.

Tous deux, gaiement, se mirent en selle, se dirigèrent vers le plus proche bureau télégraphique qui était à trois milles de Blakeley...

A peine les deux cavaliers avaient-ils dépassé la longue ligne d'arbres qui bordait la propriété, que le buisson s'entr'ouvrait violemment...

A quatre pattes, un homme à figure bestiale en sortit...

Il promena autour de lui un regard inquiet, s'assura que personne ne l'avait vu, et se relevant il se mit à courir à toutes jambes dans la direction opposée à celle qu'avaient prise Bessie et Garret...

Il courut pendant une dizaine de minutes, gagna le bois voisin, alla retrouver, en un fouillis d'arbres et d'arbustes, masqué par d'épais fourrés, un cheval sellé attaché là.

D'un bond, il fut en selle, gagna le sentier voisin, enfonça ses éperons dans le ventre de la bête qui hennit de douleur et partit à toute vitesse dans la direction de San Carlos.

Cet homme qui, caché derrière un buisson, avait entendu la conversation de Bessie et de Garret, était un affilié du Double-Cercle qui, depuis quatre jours, espionnait tout ce qui se passait à Blakeley, ayant réussi jusque-là à passer inaperçu.

Le temps que le détective allait employer à télégraphier à ce bureau de poste qui l'éloignait de San Carlos allait être mis à profit par ses ennemis...

En effet, devançant Garret, l'espion arrivait comme une trombe à San Carlos. Il se précipitait à l'hôtel occupé par Dugan, Rosa et une partie de la bande et pénétrait dans la chambre où les deux chefs du Double-Cercle étaient réunis, auxquels il dit, d'une voix haletante, ce qu'il avait entendu...

Rosa Brock était devenue livide...

Les lèvres de Dugan tremblèrent de fureur...

— Je suis perdue ! murmura Rosa... Quelle fatalité !... Tout allait si bien ici !...

— Ne nous affolons pas, dit Dugan. La première des choses, ma chère Rosa, c'est de sauvegarder votre liberté qui me paraît sérieusement menacée...

« Allez, à l'instant, revêtir un costume de cavalier et partez sans une minute de retard pour Three Flat où Doods ira vous rejoindre... Doods est un pilote remarquable, il vous enlèvera en avion.

— En avion ?

— Oui, celui de l'Aigle qui, comme vous le savez par nos espions de Dusty, a reparu là-bas et dont la présence ne pourrait que nuire à nos projets.

« Ce damné aviateur est bien capable, avec sa machine, d'aider le détective...

« Il faut que Doods vole son avion, se débarrasse de l'Aigle.

« Ce sera fait... Allez vous habiller...

Assommée par ce coup imprévu, l'orgueilleuse Rosa Brock obéit.

Elle ne songeait plus à commander, à présent, ni à reprocher à Dugan ses maladresses !

Cette femme, qui dans les situations les plus embrouillées montrait un esprit d'initiative et d'à-propos remarquables, commençait à douter des heureux effets de son étoile. Depuis qu'elle luttait, en marge de la société, contre ses représentants : les magistrats et les détectives, il lui semblait qu'elle était une adversaire redoutable, et tout à coup, à l'annonce de la divulgation de son identité, cette femme se trouvait anéantie, désemparée, comme si la découverte de son état civil était une preuve irréfutable de tous les actes abominables qu'elle avait commis !

Lorsqu'elle fut partie pour changer de vêtements, Dugan fit appeler Doods et lui donna ses instructions.

Doods était un bandit redoutable, voleur émérite, hardi contrebandier et, de plus, pilote remarquable.

Il se réjouit à l'idée de conduire un avion et encore plus de voler la machine de l'Aigle...

Une minute ne s'était pas écoulée qu'il quittait l'hôtel au triple galop...

Dugan, satisfait, alla donner des ordres, et faire seller le cheval destiné à Rosa...

Il choisit le plus rapide, le fit amener dans la cour de derrière de l'hôtel...

Rosa Brock cependant n'arrivait pas...

— Damned ! jura Dugan... Maudites soient les femmes quand elles font leur toilette !... Elle va perdre tout le bénéfice de l'avance que nous avons sur le détective infernal !...

Enfin, Rosa Brock parut, vêtue d'un costume masculin, qui lui seyait à ravir.

Pendant les quelques instants qui lui avaient été nécessaires pour revêtir un costume de cavalier, Rosa Brock avait échafaudé de nouveaux projets et retrouvé une partie de cette inconscience et de cette assurance qui pendant des années lui avaient assuré l'impunité et fait affronter les dangers les plus manifestes.

— Comment me trouvez-vous ainsi ? demanda-t-elle à Dugan.

— Je vous trouve en retard, grogna Dugan, insensible aux coquetteries de son chef.

Il tint l'étrier, aida Rosa Brock à monter à cheval.

Elle rassembla les rênes.

— Ainsi, dit-elle, je vais à Three Flat et j'y attends Doods ?

— Oui, et moi, de loin, je surveillerai tout... Je vais faire préparer nos armes... Allez !...

Il donna une claque sur la croupe du cheval qui fit un petit saut, se porta en avant, franchit la porte charretière.

Dugan sortit de la cour, regarda s'éloigner Rosa.

Un nouveau juron lui échappa.

Arrivant au galop, Bessie et Garret croisaient Rosa Brock qui, les reconnaissant et prise de peur, cravacha son cheval.

Ce geste imprudent, le mouvement qu'elle fit en se détournant pour voir si elle était suivie au moment même où, surpris, Justin et Bessie se retournaient pour examiner ce cavalier, la trahirent.

— Rosa Brock ! fit Bessie.

— Eva Darling ! cria Garret... Demi-tour, Bessie...

Ils firent faire volte-face à leurs montures, s'élancèrent sur les traces de l'aventurière.

Dugan, furieux, était rentré précipitamment, grondant :

— Qu'est-ce que je disais ?... Elle a perdu trop de temps à sa toilette... Elle est partie trop tard...

« Heureusement, elle a un excellent cheval !...

« Elle distancera bientôt les autres en chemin...

Dugan avait raison.

Le cheval de Rosa Brock était une excellente bête qui avait, sur les chevaux de Bessie et de Garret, l'avantage de n'être pas fatiguée, alors que les autres venaient de faire plus de vingt milles.

Aussi en peu de temps avait-elle pris sur eux une notable avance.

CHAPITRE XIII

DOODS CONTRE L'AIGLE

Par des chemins de traverse connus de lui seul, Doods, mettant à profit la demi-heure qu'il avait sur le détective, gagnait le repaire de l'Aigle...

Une course furieuse le conduisit au pied de la montagne...

Il abandonna son cheval qui était fourbu et, rampant à la manière hindoue, se glissa, sans bruit, à travers les ronces et les taillis.

Il était à mi-chemin, lorsqu'un bruit significatif lui fit retourner la tête...

Il obliqua, vit, sur une sorte d'esplanade, l'avion qu'il venait voler, l'avion que Dick Sleater était en train de nettoyer, de mettre en état, en attendant son maître...

Doods sourit et continua son ascension...

La porte de la maison de bois, bâtie sur pilotis au sommet de la montagne, collée contre les flancs d'un gigantesque rocher qui dominait tout, était grande ouverte...

Doods se glissa sans bruit, d'un bond franchit les marches, tomba dans l'intérieur comme la foudre et, se jetant sur l'Aigle, hébété de stupeur, lui assena sur le crâne un terrible coup de crosse de revolver.

Comme une loque, l'aviateur s'écroula sans connaissance.

Doods, se penchant sur lui, lui arracha son masque...

— Je n'ai jamais vu cette tête-là... Pourquoi, diable, cache-t-il son visage?...

« De qui veut-il ne pas être reconnu ?...

« Bah ! nous causerons de cela plus tard !... Ne perdons pas de temps !...

Doods, en effet, ne perdait pas son temps ; il dépouillait l'aviateur de sa veste de cuir qu'il endossait, lui prenait son casque, son masque noir qu'il collait sur son visage, ses lunettes, puis, sans plus s'occuper de sa victime, il redescendait, se dirigeait vers l'endroit où le brave Dick, à la vue de celui qu'il croyait son maître, se précipitait pour actionner l'hélice de l'appareil.

Doods, en deux bonds, fut sur Dick et, lui mettant son revolver devant le nez :

— Un cri... un mouvement, tu es mort !

Effaré, Dick Sleater, les bras ballants, se demandant s'il ne rêvait pas, vit ce fantomatique personnage sauter dans l'avion à sa place, prendre le volant, et l'avion se mit à rouler, s'éleva.

Dick, ahuri, se frotta les yeux...

Puis, brusquement, il se dirigea vers la demeure de l'Aigle...

Doods prenait de la hauteur, dominait les montagnes, s'orientait et piquait droit dans la direction de Three Flat...

Vers Three Flat aussi se dirigeait Rosa Brock, cravachant à tour de bras son cheval qui galopait comme un fou...

Garret et Bessie, eux aussi, poussaient leurs montures...

Mais, à leur grand regret, ils voyaient s'augmenter la distance entre eux et l'aventurière.

Le détective murmura :

— Si cette course endiablée dure une heure de plus, nos chevaux tomberont et celui de l'aventurière continuera à courir et sauvera sa cavalière !...

— Nos chevaux sont excellents, Justin... Ce sont de braves bêtes qui ont du fond... Ils sont moins vites mais plus résistants.

— Oui, mais ils ont déjà une longue course dans les jambes et les pauvres bêtes sont bien excusables de sentir la fatigue...

Ils ne se dirent plus un mot, et continuèrent leur poursuite acharnée...

Hélas !... Rosa avait encore gagné du terrain !...

A présent, sur la plaine dénudée qu'ils traversaient, elle n'apparaissait plus que comme un point noir qui allait diminuant de grosseur et qui, bientôt, cesserait d'être visible...

Bessie soudain cria :

— Nous sommes sauvés !... L'Aigle vient à notre aide !... Voyez là-bas, dans le ciel, cet oiseau qui grossit... qui va au-devant de Rosa Brock...

« L'aviateur masqué a su notre poursuite !...

— Comment l'aurait-il sue ?

— Je l'ignore... Mais il est dans

Film Pathé.

Tandis que les deux hommes, déployant une égale vigueur, luttaient avec acharnement, le Mexicain cherchait à frapper de sa navaja la courageuse Bessie.

notre jeu... Il va s'abattre comme un vautour... arrêter Rosa Brock.

L'avion signalé par Bessie semblait, en effet, vouloir agir comme elle le disait...

Il se rapprochait du sol, allait au-devant de la fugitive.

— Hurrah ! cria Bessie... Nous tenons Eva Darling...

L'avion avait atterri.

Le point noir que faisaient Rosa et son cheval grossissait à présent...

Au fur et à mesure que Justin et Bessie avançaient, ils voyaient plus distinctement...

Rosa était arrêtée...

Elle descendait de cheval, le frappait de sa cravache, se dirigeait vers l'avion qui semblait l'attendre.

— L'imbécile, fit Bessie, elle va se livrer... Vite, Justin, que nous arrivions à temps pour...

Elle n'acheva pas sa phrase...

L'aviateur masqué, descendu de l'avion, aidait Rosa Brock à monter dans la carlingue, actionnait l'hélice, montait à son tour...

— Mais que fait l'Aigle ? balbutia Bessie.

— Eh ! par le diable, Bessie, cria le détective furieux, votre Aigle masqué sauve Eva Darling comme il vous sauvait...

« Je vous disais bien que la conduite de cet individu était inexplicable...

« Ce n'est pas un aigle ordinaire... C'est un aigle qui est croisé de terre-neuve, ce qui est une race nouvelle mais bigrement curieuse. Je vous avoue que, pour ma part, depuis que je fréquente et coudoie des gens aux allures plutôt bizarres, il ne m'est encore jamais arrivé de rencontrer sur ma route un produit abâtardi de ce modèle-là !

Ils avaient arrêté leurs chevaux.

A quoi bon courir à présent !...

L'avion, emportant Rosa Brock, volait vers le nid de l'Aigle.

Bessie et Justin se regardèrent, penauds, puis la bonne humeur qui faisait le fond de leur caractère reprit le dessus.

Ils éclatèrent de rire...

— Bah ! fit Bessie... nous savons où la retrouver à présent !

« L'Aigle n'osera pas vous empêcher d'arrêter cette misérable...

— Non, dit Justin, je ne pense pas...

« Laissons souffler nos chevaux et allons rendre visite à cet énigmatique sauveur, qui sauve indistinctement amis et ennemis...

Au pas, ils prirent la direction suivie par l'avion, depuis longtemps disparu à leurs regards...

Mais la route était longue...

Et, tandis qu'ils cheminaient gaiement, escomptant le succès de leur entreprise, l'avion piloté par Doods semblait revenir à son point de départ, allait atterrir à deux milles de la montagne que dominait le repaire de l'Aigle, en un endroit sauvage, insoupçonné des gens du pays, où Dugan avait donné rendez-vous à Doods lorsqu'il aurait sauvé Rosa Brock.

Dugan avait parfaitement compris que le détective et Bessie Watson, abusés par le faux aviateur masqué, troublés par l'enlèvement de Rosa Brock, se rendraient au logis de l'Aigle pour lui demander compte de la protection accordée à une femme qui était sous le coup d'un mandat d'arrestation...

C'est pourquoi, au lieu de perdre son temps à poursuivre à son tour ceux qui poursuivaient en vain Rosa Brock, Dugan avait conduit directement sa bande au lieu fixé pour recueillir Rosa Brock.

Les affiliés du Double-Cercle n'eurent pas longtemps à attendre.

Il y avait à peine un quart d'heure qu'ils se trouvaient là lorsqu'ils virent l'avion sortir des nuages, descendre vers eux.

Rosa Brock, de la main, saluait ses subordonnés qui poussaient de formidables hurrahs en l'honneur de leur chef.

Dugan, satisfait de l'heureux résultat de son plan, se fit rendre compte par Doods des détails de sa mission...

Après quoi, abandonnant l'avion, tous se rendirent par des chemins détournés dans le bois touffu qui recouvrait de son impénétrable frondaison les flancs de la montagne où si longtemps l'Aigle avait pu demeurer caché.

Cependant, Garret et Bessie étaient arrivés au terme de leur course....

Faisant mouvoir le mur de branchages mobiles, ils descendaient de cheval et grimpaient, sans prendre aucune précaution, certains que nul ne se trouvait aux environs pour les épier...

Enfin, ils pénétrèrent dans la maison de l'Aigle près de qui se trouvait Dick Sleater prodiguant ses soins à son maître à peine remis du coup formidable qu'il avait reçu et qui, sans la protection de son casque, lui aurait brisé le crâne...

A la vue de Bessie et de Garret, l'Aigle ne put réprimer un mouvement de contrariété que remarquèrent les nouveaux arrivants et que le détective attribua au dépit qu'il éprouvait d'avoir été rejoint par ceux-là mêmes à qui il avait voulu enlever Rosa Brock.

Bessie Watson devina que ce qui contrariait l'aviateur, c'était d'être vu sans masque.

Elle le regarda curieusement, étonnée de n'avoir jamais vu auparavant ce visage...

L'Aigle eut un sourire contraint...

Il allait s'expliquer, mais le détective rudement dit :

— Vous avez à nous rendre compte de deux choses : du vol de la bague de jade que vous allez rendre immédiatement à miss Watson, et ensuite du motif qui vous a fait enlever Eva Darling...

L'Aigle, avec un soupir, ôta de son doigt la bague, la remit à Bessie hésitante.

— Prenez, miss Bessie... Si je ne vous rendais la bague, votre compagnon me la prendrait de force et je ne suis pas en état de lui résister...

Bessie prit la bague et la mit à son doigt.

L'Aigle murmura :

— Mais je la reprendrai, car...

Garret lui coupa la parole :

— La bague est restituée, c'est bien... A présent, rendez-nous Eva Darling...

L'Aigle haussa les épaules.

— Je ne sais pas ce que vous voulez dire... Dick, racontez ce qui s'est passé...

Dick Sleater fit le récit de l'agression dont avait été victime son maître et du vol de l'avion par un inconnu qui avait pris à l'Aigle son costume et son masque.

L'Aigle et lui ignoraient quel usage cet inconnu avait fait de l'avion.

Radouci, le détective expliqua alors ce qui s'était passé.

— Ah ! dit l'Aigle avec colère, les bandits de Dugan ont découvert ma retraite !... Ceci est un coup de Dugan !...

— Bien dit, mon jeune coq ! dit une voix railleuse.

Dugan était sur le seuil, le revolver au poing.

Derrière lui, Doods ricanant et une dizaine de bandits qui tous braquaient leurs revolvers vers Bessie, Garret, l'Aigle et Dick.

Désignant Dick et Bessie, Dugan ordonna :

— Emparez-vous de ces deux-là et emmenez-les hors d'ici...

« Quant au détective et à son ami l'Aigle qui ont tant d'affection l'un pour l'autre, il convient de ne pas les séparer...

Et tandis que, malgré leur résistance, Bessie et Dick, après une courte lutte, étaient entraînés hors de la maison, Dugan, s'approchant de Garret et de l'Aigle, qui, pâles de fureur, restaient les mains en l'air, comprenant qu'au moindre geste les bandits n'hésiteraient pas à les massacrer, Dugan, avec un sourire narquois fouillant dans la poche du détective, s'emparait d'une paire de menottes et, dextrement, emprisonnait le poignet gauche de Garret et le poignet droit de l'Aigle.

Les contraignant à reculer jusqu'à ce qu'ils fussent contre la cloison, haussant soudain violemment les deux bras enchaînés, Dugan accrocha à un énorme piton les menottes.

Garret et l'Aigle se trouvaient ainsi suspendus touchant à peine le sol de la pointe de leurs pieds, incapables de se décrocher.

Les bandits éclatèrent de rire.

La plaisanterie était excellente.

Dugan mit son revolver dans sa gaine, contempla un instant ses victimes qui, stoïques, ne laissaient pas échapper une plainte.

— Adieu, gentlemen... Puisse cette leçon vous être profitable... Vous avez devant vous un bon quart d'heure pour regretter d'avoir osé vous attaquer au Double-Cercle...

Faisant signe à ses hommes de sortir, Dugan se retira le dernier.

— Misérable ! cria Garret, qu'allez-vous faire de Bessie ?

— Lui faire rendre le diamant bleu d'abord... ensuite, on verra... Ne vous occupez pas d'elle, mon garçon... Je me charge de son avenir !

Et avec un éclat de rire strident, Dugan sortit et ferma la porte à clef.

L'Aigle et Garret se regardèrent.

— C'est une mort affreuse ! dit l'Aigle.

— Nous ne sommes pas encore morts ! dit Garret qui faisait de vains efforts pour arracher le piton.

— Vous ne réussirez pas, dit l'Aigle... Ce piton est solidement vissé et ne cédera pas... pas plus que ces solides menottes... C'en est fait de nous !

— Non... non... dit rageusement Garret... Nous sortirons d'ici et nous nous vengerons...

« Seulement, j'ai besoin de réfléchir, de rassembler mes idées au lieu de me dépenser en efforts impuissants...

« Heureusement, nous avons du temps devant nous !

Un coup sourd lui coupa la parole.

L'Aigle était devenu livide.

— Qu'est cela ? demanda Garret.

— Cela, gémit l'aviateur, c'est notre mort assurée à présent.

« Les bandits attaquent à coups de hache les poutres qui supportent cette cabane...

« Dugan avait raison... Dans un quart d'heure nous ne serons plus !

« Les poutres brisées, la maison s'écroulera, tombera au fond du ravin qu'elle surplombe, et nous serons broyés, écrasés...

« Ah ! malédiction !...

Rugissant de colère, fou de désespoir, l'Aigle tirait de toutes ses forces sur le piton, ne réussissant qu'à s'ensanglanter le poignet.

— Restez donc tranquille... ordonna Garret, vos lamentations me troublent...

L'Aigle s'immobilisa, se tut.

On entendait distinctement les coups de hache qui commençaient à faire trembler la maison de bois.

Garret rompit le silence.

Il venait d'apercevoir un lourd revolver accroché au mur, assez loin d'eux, du côté de l'Aigle.

— Ecoutez, dit-il, ce revolver peut nous servir de marteau, nous permettre de briser le piton ou la chaîne des menottes... Essayez avec votre pied de le faire tomber et de l'attirer jusqu'à nous.

L'Aigle, entrevoyant une possibilité de se sauver, retrouva subitement toute sa présence d'esprit.

Suspendu à son poignet endolori, mais domptant sa douleur, il risqua la manœuvre hardie qu'on lui conseillait.

Lançant ses jambes en avant, il essaya de faire tomber le revolver et y réussit au troisième essai.

Puis, attirant le revolver vers eux, il l'étreignit entre ses pieds, ramena ses genoux à hauteur de sa poitrine, et de sa main libre Garret put enfin se saisir du revolver.

Il était temps !

L'Aigle était à bout de forces, et de son poignet son sang giclait.

Garret assena sur le piton un formidable coup de crosse.

Au même moment, la maison trembla, oscilla...

Au dehors, un cri aigu déchira l'air.

Ce cri, c'était Bessie qui le poussait.

Bessie Watson, maintenue solidement par les bandits, et interrogée par Dugan qui lui avait demandé où se trouvait le diamant bleu, avait d'abord refusé de répondre, bravant du regard Rosa Brock qu'elle écrasait de son mépris.

Alors, cette dernière avait fait un signe et Bessie, épouvantée, avait vu quatre bandits, armés de haches, se diriger vers la maison de l'Aigle, se poster commodément sur les côtés et attaquer à coups de hache les pilotis qui la soutenaient.

— Si vous persistez à ne pas vouloir dire où est le diamant bleu, miss Watson, avait dit tranquillement Rosa Brock, vos amis vont périr d'une mort affreuse !

« Rien ne peut les sauver... Réfléchissez !...

— Arrêtez, dit Bessie... arrêtez !

— Parlerez-vous ? dit Dugan.

Bessie hésitait.

Parler, céder à ces misérables était une lâcheté...

Seule, Bessie Watson, courageusement, eût refusé, se serait laissé tuer, mais n'aurait rien dit.

Mais Justin Garret était prisonnier.

Il s'agissait de la vie de son fiancé !

— Continuez, avait crié Dugan aux bandits qui, d'ailleurs, ne s'étaient pas un instant arrêtés, dédaignant la supplication de Bessie.

Bessie, affolée, les larmes aux yeux, prise entre deux sentiments contraires : ce qu'elle considérait comme son devoir et son amour, devait être vaincue !

L'amour devait l'emporter.

Dugan, ironique, sifflait en regardant Bessie que Rosa Brock couvait d'un regard haineux.

Les coups redoublaient.

Les poutres, fortement entaillées, semblaient prêtes à se rompre.

Encore quelques coups de hache et c'en serait fait des deux prisonniers.

C'est alors que Bessie, épouvantée, avait jeté ce cri déchirant entendu par l'Aigle et Garret.

Garret, en fou furieux, frappa avec une force décuplée par l'amour et la rage...

— Assez... assez... avait crié Bessie, je cède...

« Je vais parler... Mais, au nom du ciel, qu'on ne frappe plus !

Dugan fit un signe.

Rosa Brock jeta un ordre.

Les haches restèrent levées.

C'était le dernier coup à donner.

La maison, lentement, se penchait d'une façon terrifiante.

— Eh bien ! dit Bessie. Le diamant bleu est...

Les paroles qu'elle prononça furent couvertes par un effroyable fracas.

La maison n'avait pas eu besoin d'un nouveau coup de hache.

Rompues, les poutres avaient brusquement cédé, et la case de l'Aigle s'effondrant roulait avec un bruit terrible le long du flanc abrupt, soulevant un nuage de terre, projetant çà et là des éclats de bois, des morceaux de poutre, et allait s'écraser au fond du ravin.

Bessie Watson, éperdue, recula d'horreur, répétant machinalement :

— Le diamant bleu est au ranch Blakeley... au ranch Blakeley...

Puis, la compréhension de la catastrophe qu'elle regardait, hébétée, se fit soudain dans son esprit et, folle de douleur, elle hurla :

— Justin !... l'Aigle !... Justin, mon amour !

Rosa Brock se mit à rire.

— Nous savons votre secret, cria-t-elle, et nous nous sommes vengés de nos ennemis qui sont morts...

« En route pour Blakeley...

Rosa Brock se hâtait trop de triompher.

Bessie avait tort de se désoler.

Justin Garret et l'Aigle venaient, au contraire, d'échapper par miracle à la terrible mort préparée par Dugan et ses affiliés.

Contrairement à toute espérance, ils étaient sauvés.

Ils voyaient à leurs pieds s'effondrer et s'anéantir la maison qui devait être leur cercueil.

Voici ce qui s'était passé...

CHAPITRE XIV

A REFAIRE

Garret, avec la crosse de son revolver, s'était acharné de toutes ses forces sur le gros piton qu'il voulait briser, et cela dès les premières oscillations de la maison.

Il n'avait pu réussir, ni à briser le piton, ni à l'arracher de la cloison.

Il l'avait, au contraire, enfoncé davantage.

Désespéré, il porta un dernier et si violent coup que le revolver lui échappa des mains, mais ce coup providentiel donna un résultat inespéré : la chaîne d'acier qui reliait les deux bracelets fut brisée et les deux hommes enfin recouvraient l'usage de leurs bras...

Il était temps...

La maison s'inclinait lentement vers l'abîme...

L'Aigle, se rejetant en arrière, ouvrit une petite trappe dissimulée dans un coin, entraînant Garret affolé de sentir le plancher qui se dérobait sous ses pieds...

A peine tous les deux étaient-ils descendus par la trappe que la maison basculait au-dessus de leur tête avec un bruit sinistre.

Un peu pâles, serrés l'un contre l'autre, debout sur un rocher qui avait à peine un mètre carré, ils virent s'abîmer sous leurs pieds la case de bois qui les abritait quelques instants auparavant.

Garret ferma les yeux pour ne pas céder au vertige.

Doucement, l'Aigle le tira en arrière, le fit pénétrer dans une fissure qui allait en s'élargissant...

— C'est mon passage secret, dit-il, et celui-là, nul ne le connaît.

« J'aurais toujours pu m'échapper par là, si chaque fois je n'avais été surpris par nos ennemis...

Mais au moment même où il faisait quitter à Garret leur plate-forme, une voix s'éleva, celle de Rosa Brock qui insensible aux cris de Bessie lui tournant le dos regardait avec une joie farouche s'effondrer la maison...

Elle vit Garret et l'Aigle...

— Le damné Garret s'est échappé ! hurla-t-elle...

Le fracas de la chute avait étouffé sa voix...

Mais elle, le doigt tendu vers le rocher sur lequel elle avait vu les deux hommes, répéta à plusieurs reprises, grinçant des dents :

— Là... là !... ils étaient là... Comment ces démons ont-ils fait ?

« Garret nous échappe et tout est à recommencer.

« Mais du moins, nous tenons celle-ci, et elle nous répondra de lui...

« Vite, aux chevaux, Dugan... Doods, emportez-la, et ficelez-la sur un cheval... Nous irons ensuite reprendre notre avion...

Bessie effarée, encore sous le coup de l'émotion qu'elle venait d'éprouver, se laissa emporter sans résistance, mais Rosa Brock, tandis qu'en hâte on se dirigeait vers les chevaux au bas de la montagne, ne cessait de répéter avec rage :

— Le damné Garret s'est échappé !

Bessie finit par se rendre compte que le malheur qu'elle avait cru arrivé n'avait pas eu lieu et que les prisonniers s'étaient tirés de ce mauvais pas.

Le sang afflua à ses joues pâlies et une larme trembla au bord de ses cils, tandis que ses lèvres s'entr'ouvraient pour un sourire...

— Riez... riez ! lui jeta Rosa... Votre joie sera de courte durée...

Une détonation, puis deux, puis trois...

D'où venaient ces coups de feu...

Rosa interdite regarda Dugan...

— Vite, dit le bandit, vite !... Ce que je redoutais arrive... Les policiers réclamés à San Carlos par la dépêche de Garret, ne le voyant pas venir à l'heure fixée, ont dû s'informer, se mettre à sa recherche...

« A cheval... sans perdre une minute !...

Ils étaient au bas de la montagne.

Doods venait d'avoir son chapeau troué par une balle, un bandit était blessé au bras...

La fusillade recommençait...

— Laissez cette femme ! ordonna Dugan... Elle gênerait notre course... En la laissant ici, nous retardons la poursuite des policiers...

Doods jeta dans un fourré Bessie Watson qui avait les pieds et les mains liés et suivit Rosa Brock.

Ventre à terre, les bandits partirent poursuivis par les cris de Bessie qui appelait à l'aide...

Dick Sleater surgit devant elle, goguenard, un revolver dans chaque main...

— Sont-ils bêtes !... Ils ont cru qu'à

moi seul j'étais une armée de policiers...

« Ces imbéciles avaient oublié de me fouiller et ils me gardaient si mal que, profitant du désarroi causé par la chute de la maison, j'ai pu glisser entre les mains des deux coquins qui me gardaient...

« Je n'avais qu'une idée, miss, envoyer une balle dans le cœur de cette mégère de Rosa Brock et une autre balle dans la tête de Dugan pour venger mon maître.

« Et vous savez, je ne les aurais pas ratés, car je suis un très bon tireur...

« Mais quand j'ai entendu que l'Aigle et Mr. Garret étaient sauvés, j'ai eu une telle joie que la main m'a tremblé et je n'ai fait du mal qu'aux arbres et aux pierres...

« Ah ! mais voici votre fiancé, miss.

« Je lui laisse le plaisir de vous délivrer... Je rejoins mon maître et vais voir si ces brigands n'ont pas tout démoli dans notre garage d'avions...

Justin Garret était devant eux...

Il se précipita vers Bessie, la prit dans ses bras, la couvrit de baisers...

— Oh ! ma chérie... quelle émotion !... Je ne croyais plus vous revoir...

— Hélas ! mon cher Justin... j'ai éprouvé la même crainte... et quand j'ai vu tomber cette maison...

Ce souvenir la fit frissonner...

Justin Garret la rassura et se mit en devoir de délier promptement ses liens...

— Où est l'Aigle ? demanda-t-elle.

— Ma foi, dit Garret, je n'en sais rien...

« Il a entendu comme moi vos appels, m'a accompagné jusqu'ici et a profité de nos effusions pour disparaître.

« Je crois, ma chérie, que la vue de notre bonheur, de notre amour lui est odieuse... et puis je crois aussi qu'il est très mécontent d'avoir été obligé de vous restituer votre bague.

Bessie se mit à rire...

— S'il y tient tant que cela, je lui en ferai cadeau le jour de notre mariage...

— Vous pouvez même la lui donner avant, à la condition qu'il nous explique clairement le mystère de cette bague...

« Mais nous causerons de cela plus tard... L'important est de regagner le ranch de Blakeley et de faire un nouveau plan pour mettre une fois pour toutes ces bandits à la raison...

Ils trouvèrent leurs chevaux à l'endroit où ils les avaient laissés et partirent tournant le dos à la bande du Double-Cercle qui croyait avoir à ses trousses toute la police de San Carlos...

Ils chevauchaient à peine depuis dix minutes lorsqu'ils virent passer très haut au-dessus d'eux un avion...

— Coquins ! fit Garret montrant le poing à ces maîtres de l'air, je vous donnerai bientôt une occasion de prendre votre revanche...

— Quoi, Justin, vous croyez que cet avion... ?

— Est celui que montait Rosa Brock, et cet aviateur masqué n'est autre que le bandit qui avait volé l'appareil de l'Aigle...

— Vous en êtes sûr ?...

— Qui serait-ce ?

Justin Garret se trompait.

Dans cet avion se trouvaient l'Aigle et Dick Sleater.

Craignant un retour offensif de Dugan et de sa bande, l'Aigle toujours généreux avait voulu protéger les jeunes gens.

Le garage secret n'avait heureusement pas été découvert, et l'Aigle et son pilote avaient pu immédiatement prendre leur vol sur un des avions bien dissimulés.

Mais à peine avaient-ils pris de la hauteur que l'Aigle à l'aide de sa puissante lorgnette vit en parcourant l'espace Rosa Brock et Doods monter dans son avion...

C'est alors que délaissant pour un instant la surveillance de Garret et de Bessie, passant au-dessus d'eux, il avait dirigé son appareil vers le lieu où justement les bandits prenaient leur vol... Doods, effrayé, vit venir à lui son adversaire.

— Baissez-vous ! cria-t-il à Rosa... Je vois l'Aigle qui prend sa carabine...

Une balle siffla...

L'avion atteint se pencha, commença une descente vertigineuse.

L'Aigle ordonna :

— Demi-tour, Dick, nos ennemis vont s'écraser sur le sol où l'avion prendra sans doute feu... Que ces bandits reposent en paix !

« Je ne veux pas voir ce spectacle, je serais capable de leur porter secours...

— Il ne manquerait plus que ça ! gronda Dick dont l'avion fila comme une flèche...

Derrière eux avec un bruit sourd tombait l'autre avion...

L'Aigle ne tourna pas la tête...

Ses pronostics étaient faux...

L'avion ne prit pas feu... Doods et Rosa ne se tuèrent pas... ne furent même pas blessés, donnant ainsi raison au proverbe qui dit qu'il n'y a de chance que pour les canailles.

CHAPITRE XV

QUI PROUVE QU'UNE FEMME NE DOIT PAS SORTIR SEULE

Malgré ses multiples préoccupations, Justin Garret était parfois obligé de se rappeler qu'il était propriétaire d'un ranch important et par conséquent qu'il lui fallait assurer l'existence de son personnel.

Il devait donc toutes les semaines se rendre à la station de chemin de fer la plus proche de Blakeley — à quarante kilomètres — et retirer la cassette pleine de dollars et de banknotes que lui expédiait de New-York la National Bank.

Par précaution et pour ne pas tenter les voleurs, Garret ne conservait que très peu d'argent liquide dans sa maison de Blakeley.

Deux jours après les événements que nous venons de raconter, Justin Garret fit part à Bessie de l'obligation où il était de se rendre le lendemain à la gare avec deux cow-boys pour chercher ladite cassette...

C'était le soir et tous deux se promenaient dans une allée bordée de grands arbres, lorsque Justin annonça à Bessie Watson son départ pour le lendemain, affirmant qu'il serait de retour vers deux heures de l'après-midi au plus tard.

Cette confidence destinée à sa fiancée fut malheureusement recueillie par l'oreille indiscrète d'un individu déguisé en Mexicain qui depuis leur sortie de la maison suivait les deux amoureux, se glissant dans l'herbe épaisse avec d'infinies précautions, favorisé par la nuit qui enveloppait d'ombre le parc entourant la maison.

Ce prétendu Mexicain n'était autre que l'espion qui avait prévenu Dugan à San Carlos de l'arrivée de Garret en quête d'Eva Darling.

Jugeant avec raison que cet espion pouvait rendre de nouveaux services, Dugan lui avait intimé l'ordre de continuer de surveiller Blakeley, mais en modifiant sa tête et son costume, ce que l'autre avait fait.

Comme il y avait un assez grand nombre de Mexicains mélangés aux cow-boys du ranch, le nouveau venu n'avait pas attiré l'attention.

Il pouvait à toute heure du jour aller et venir sans se cacher, mais il ne pouvait ainsi surprendre que difficilement les conversations et les projets de Garret.

Il comptait sur les promenades nocturnes des amoureux sans méfiance pour attraper au vol une phrase, un mot, lui indiquant les intentions de Garret au sujet de Dugan et de sa bande.

Le renseignement qu'il avait obtenu lui suffisait sans doute, car à peine Justin et Bessie étaient-ils rentrés que le Mexicain s'éloignait rapidement et vingt minutes après on pouvait le voir galoper à travers les prairies silencieuses...

Le lendemain matin de bonne heure ayant pris congé de Bessie, Garret montait en auto avec deux cow-boys et leur voiture se dirigeait vers la gare.

Sur la route, elle croisa un Mexicain qui semblait flâner fumant un énorme cigare...

Le Mexicain sourit, regarda disparaître l'auto.

— J'avais peur qu'il n'ait changé d'avis ! murmura-t-il... ça aurait tout dérangé...

Dérangé quoi ?

Tout simplement le guet-apens de Dugan qui, prévenu à temps, rassemblait le plus d'hommes possible, affiliés au Double-Cercle et cow-boys, une cinquantaine de cavaliers environ, et allait se poster non loin de la route que devait suivre Garret.

Il fit cacher soigneusement ses hommes et attendit...

L'auto passa rapide...

Dugan sourit.

— Elle va revenir chargée d'argent... Nous n'aurons pas fait une mauvaise affaire... Cela nous paiera nos frais de déplacement...

— Et après ? interrogea Doods ; filerons-nous sur Blakeley ?

— Oui, sans doute, puisque Garret sera hors d'état de s'y rendre.

« Rosa Brock et les autres nous rejoindront près de cette grange que je vous ai montrée tout à l'heure... Il faut que nous soyons en force pour attaquer Blakeley... Vous comprenez qu'en partant Garret a dû donner des ordres pour qu'on garde sa fiancée...

« Cette fois-ci, je crois l'affaire sûre...

« Nous mettrons la main sur le diamant bleu et nous irons nous installer loin de San Carlos, où la police semble nous regarder de travers, bien que Rosa ne soit plus avec nous.

« Nul ne soupçonne sa présence aux environs de San Carlos.

— Ce que je ne comprends pas, fit Doods, c'est que le détective Garret ne soit pas revenu à San Carlos...

Dugan regarda Doods avec pitié.

— Mon cher Doods, vous auriez tort de prendre Garret pour un imbécile... C'est un rude adversaire que nous avons là et qui sait ce qu'il fait, croyez-moi.

« Garret a très bien compris qu'Eva Darling ne paraîtrait plus à San Carlos à présent qu'elle était avertie du sort qui l'attendait.

« Il n'est pas assez bête pour perdre son temps à la chercher où elle n'est pas.

— Alors, que fait-il ?

— Je l'ignore... Je sais qu'il a télégraphié hier à la police de San Carlos... Mais je n'ai pu savoir ce qu'il a raconté à ces messieurs... Le Mexicain m'a dit qu'il avait expédié aussi un volumineux courrier à New-York.

— Il doit parler de nous.

— C'est probable. Aussi dès que le diamant bleu sera entre nos mains, nous disparaîtrons...

— Et si on le faisait disparaître, lui ? proposa Doods farouche...

— Vous raisonnez comme Eva Darling... Tuer ! pourquoi tuer ? Ça fait des histoires et ça ameute tout le pays contre vous, sans compter que, lorsqu'on est pris, on paie de sa vie le petit moment de plaisir qu'on a éprouvé à se débarrasser d'un ennemi...

« Non... non... Nous ne tuerons Garret qu'à la dernière extrémité...

« Croyez-moi, Doods, c'est le parti le plus sage.

« Mais ce damné détective tarde bien ! Aurait-il pris un autre chemin ?

— Non, dit Doods, il n'y a pas d'autre chemin praticable pour son auto.

« Il n'y a qu'une heure qu'il est passé... il faut à peu près ce temps pour aller à la gare... autant pour revenir...

Dugan se tut, offrit un cigare à Doods.

Les deux hommes se mirent à fumer sans mot dire...

Le temps s'écoulait...

Un cavalier placé en sentinelle arriva à bride abattue.

— J'ai vu l'auto paraître là-bas, cria-t-il.

— Alerte, dit Dugan, tous à cheval, revolver au poing... des deux côtés de la route...

Promptement, l'ordre fut exécuté...

L'auto de Garret apparut filant à toute allure...

— Feu ! ordonna Dugan...

Cinquante détonations éclatèrent...

Dugan, Doods et une dizaine de cavaliers bondirent, barrant la route, le revolver tendu vers Garret et ses deux amis.

Lentement, Dugan visa, tira deux fois...

Un pneu éclata, le radiateur fut perforé...

L'auto fit une embardée, s'immobilisa, arrêtée par Garret qui, sur l'injonction de Dugan, levait les bras...

A côté de lui, blessé grièvement au bras, un des cow-boys venait de s'évanouir...

Résister à cinquante eût été folie !

Garret n'y songea pas.

Les dents serrées, il se demandait avec colère qui avait pu renseigner cet infernal Dugan...

Ce dernier s'approchait, narquois...

— Emportez la cassette, dit-il, désarmez ces gentlemen...

L'ordre sitôt exécuté, Dugan dit à Garret :

— A bientôt... Encore un petit compte à régler... le dernier... et vous n'aurez plus le plaisir de jouir de notre société...

« En route, vous autres... Rendez-vous... où vous savez...

Et pour donner le change à Garret, les cinquante cavaliers partirent dans des directions différentes.

— Quelle diable de manœuvre est-ce là ? murmura Garret abaissant les bras...

« Est-ce que par hasard ils iraient à Blakeley...

« Il faut que je rejoigne Bessie tout de suite...

Mais cela était plus aisé à dire qu'à faire.

D'abord, il fallait panser le cow-boy qui revenait à lui.

Ensuite Garret et son autre cow-boy constatèrent que le radiateur était perforé...

Quant au pneu crevé, il était facile de le remplacer, puisqu'on avait des pneus de rechange.

— Il faudrait, dit le cow-boy valide,

que vous puissiez, Mr. Garret, vous rendre au petit village qui est à quelques milles là-bas derrière la colline et que vous trouviez un homme pour réparer ça...

« Moi, je garderai le camarade.

Garret hocha la tête.

— Ça peut être long, dit-il.

« Je vais toujours essayer et j'enverrai quelqu'un.

« Mais moi, je vais me procurer un cheval et courir à Blakeley.

« Nous avons trop attendu à cette gare et nous avons perdu un temps précieux...

« Il est près de trois heures... Bessie doit être inquiète.

« Au revoir...

Il partit dans la direction que lui indiquait le cow-boy, mais après vingt minutes de marche, trouvant le chemin trop long, il voulut prendre à travers bois un petit sentier qui, selon lui, devait abréger la distance, et s'égara.

Il revint sur ses pas, se trompa et finalement prit une direction opposée.

C'était décidément le jour des maladresses et des erreurs.

Car Bessie Watson de son côté commettait une imprudence qui pouvait avoir de graves conséquences.

Voyant que l'heure que lui avait fixée Justin Garret pour son retour était passée, elle ne put résister au désir d'aller au-devant de lui, impatiente de le revoir d'abord et aussi un peu inquiète, craignant qu'il ne fût arrivé quelque accident, car l'auto lui avait paru une voiture défectueuse et peu solide pour affronter les routes mal entretenues de ce pays.

Un instant cependant elle hésita à monter à cheval.

Justin Garret lui avait recommandé de ne pas sortir lorsqu'il n'était pas là.

— Bah ! dit-elle, les gens du Double-Cercle sont loin et ceux du ranch me sont tout dévoués... le pays est sûr... je n'ai rien à craindre...

« Justin a tort de ne pas vouloir que je sorte seule...

« Si j'étais une petite fille habituée à sortir toujours accompagnée et ayant toujours vécu dans les jupes de sa maman, je comprendrais que Justin éprouvât quelque crainte à me voir aller seule par les routes, mais vraiment ce n'est pas le cas et ce n'est ni la première fois ni, j'espère, la dernière qu'il me sera donné de me promener seule !

Ayant décidé qu'elle n'avait rien à redouter, elle quitta Blakeley, se portant au-devant de Justin qu'elle pensait rencontrer après un quart d'heure de galop.

Mais il y avait plus d'un quart d'heure qu'elle chevauchait et elle avait beau regarder au loin, elle ne voyait rien venir.

Bessie commença à s'énerver.

Elle cravacha le cheval, augmenta son allure.

— Est-ce que Lola qui me conseillait de rester aurait eu raison ?...

« Justin serait-il tombé dans quelque piège ?...

« Mais alors, j'aurais dû rassembler quelques cow-boys...

« Je suis folle de penser ainsi... on ne voit âme qui vive...

« L'auto a dû avoir quelque panne...

Et plus que jamais elle regardait au loin devant elle, se levant sur ses étriers pour mieux voir...

A examiner l'horizon, Bessie oubliait de surveiller son cheval qui buta contre une pierre, envoya sa cavalière par-dessus sa tête et, l'ayant laissée là tout étourdie, repartit dans la direction de Blakeley.

Bessie Watson heureusement n'avait que de légères contusions.

Elle se releva en riant.

— Me voici obligée d'attendre l'auto qui me ramènera à Blakeley...

« Justement la voici...

Un nuage de poussière s'élevait là-bas sur la route.

Bessie, ravie, fit quelques pas en avant, jeta un cri.

La poussière balayée par le vent découvrait plusieurs cavaliers que Bessie reconnut aisément.

— Dugan... murmura-t-elle, Lola avait raison... je suis perdue...

Faisant demi-tour, machinalement elle se mit à courir.

Mais les cavaliers, qui l'avaient vue, arrivaient, étaient sur elle, l'entouraient.

— Miss Bessie, dit ironiquement Dugan, vous êtes aussi imprudente que le détective Garret... à vous promener seule ainsi sur les grands chemins.

— Qu'avez-vous fait à Justin ? demanda Bessie anxieuse.

— Oh ! rien du tout... Nous l'avons soulagé de sa cassette après avoir mis sa voiture dans l'impossibilité de continuer la route...

« Nous aimons autant que votre détective ne se trouve pas à Blakeley où nous allions de ce pas vous rendre visite... vous savez pourquoi ?...

« Miss Bessie, où est le diamant bleu ?

— Il est en sûreté et vous ne l'aurez pas...

Dugan fit un signe.

Happée par deux hommes, Bessie fut contrainte de prendre place sur un cheval et, solidement maintenue par le cavalier qui était son compagnon, elle se vit emportée vers une grange, sorte de réserve à fourrage, abritée derrière un bouquet d'arbres.

Une partie de l'escorte seulement accompagnait Bessie et Dugan.

Les autres cavaliers, obéissant à une consigne donnée, continuèrent leur route sous le commandement de Doods.

Arrivée à la grange, Bessie fut descendue de cheval et portée à l'intérieur de cette maison abandonnée...

Furieuse, elle demanda à Dugan qui l'avait suivie :

— Qu'espérez-vous de moi en me retenant ici ?

— Je vous garde prisonnière jusqu'à ce que mes hommes soient de retour de Blakeley... S'ils découvrent le diamant bleu, tout va bien et nous serons gentils pour vous...

« S'ils ne trouvent rien et si vous continuez à refuser de parler... alors tant pis pour vous...

« Ce sont les affiliés du Double-Cercle qui décideront de votre sort.

— Prenez garde, dit vivement Bessie, vous allez mettre le feu...

Dugan qui, tout en parlant, avait allumé un cigare, avait jeté son allumette non éteinte sur un tas de paille, qui s'enflammait.

Il se mit à rire.

Bessie effrayée voulut se précipiter, éteindre ce commencement d'incendie.

Mais Dugan la repoussa brutalement.

— Où est le diamant bleu ? Parlez ou vous ne sortirez pas d'ici...

La flamme lentement se propageait.

Bessie affolée se heurta en reculant à une échelle.

Sans trop savoir ce qu'elle faisait et voyant Dugan marcher vers elle, elle gravit prestement les échelons, atteignit l'étage supérieur.

Dugan, l'œil mauvais, fit tomber l'échelle d'un coup de pied...

— Soyons bon pour cette jeune fille, fit-il en ricanant... Laissons-la mourir brûlée... C'est une mort plus douce pour elle que d'être livrée à mes hommes...

Et tranquillement il sortit de la maison, ayant déjà du mal à trouver la porte, aveuglé par la fumée...

L'incendie avait gagné tout le rez-de-chaussée... les flammes croissaient, léchaient le plafond...

— Partez, ordonna Dugan à ses hommes, je vais vous rejoindre dans quelques minutes...

Les cavaliers surpris obéirent.

Dugan curieusement écouta le ronflement de l'incendie, vit les flammes passer à travers les fenêtres qu'elles brisaient au rez-de-chaussée, en même temps qu'elles poussaient dehors une épaisse fumée.

— La paille était humide, constata Dugan.

« Bessie sera étouffée avant d'être brûlée...

« Quel dommage !... Une si belle fille !...

« Mais les femmes sont toutes les mêmes !

« Elles sont tellement entêtées que l'on ne peut leur faire amiablement entendre raison.

« Il faut toujours faire appel à des moyens un peu brusques pour leur faire comprendre les choses les plus simples.

« Pauvre Bessie Watson, j'aurais voulu faire mieux pour elle, mais ce Garret qui la conseille la rend vraiment odieuse et parfois même dangereuse !

Il mit son cheval au trot et s'éloigna de l'incendie.

Et brusquement il eut un cri de rage.

Venant perpendiculairement à la route un homme à travers champs courait, se dirigeait vers la grange en feu, attiré par les cris perçants que poussait Bessie.

C'était Garret qui ne pouvait voir Dugan caché par les arbres et qui d'ailleurs n'avait d'yeux que pour cette grange où une créature humaine était en train de périr.

Quel ne fut pas l'émoi de Garret lorsque, tout près de la grange, il reconnut distinctement la voix de sa chère Bessie !

— Elle, ici !... Dans cette maison en flammes... Comment se peut-il ?...

Il s'élança dans la grange, aveuglé par la fumée, roussi par les flammes, en criant :

— C'est moi, Bessie... Je viens vous sauver...

Mais Bessie à moitié étouffée roulait sur le plancher brûlant.

Garret avait vu l'échelle.

L'appliquer, grimper, bondir au milieu des débris en feu des poutres enflammées, fut pour le détective l'affaire d'un instant.

Avec un cri de désespoir il s'empara de Bessie qu'il crut morte, l'emporta et, l'échelle rompant sous ce double poids, Garret alla rouler avec son précieux fardeau contre la porte qu'il n'aurait jamais pu retrouver, tant la fumée était dense.

Il se releva, s'élança dehors étourdi, aveuglé, serrant Bessie évanouie contre son cœur.

Il sentit sur son front le froid d'un canon de revolver.

— Lâchez cette femme ! ordonna Dugan.

Garret laissa tomber sur le gazon le corps de Bessie.

Effaré, il regarda autour de lui.

Rosa Brock était là avec une quinzaine de cavaliers.

Exacte au rendez-vous, elle était arrivée peu après que Garret eut franchi le seuil de la grange en feu, et Dugan ayant fait rebrousser chemin à son cheval arrivait au même instant.

Rapidement il avait mis Rosa Brock au courant et l'infernale créature allait donner l'ordre de barricader la porte pour que périssent dans les flammes ses deux ennemis, lorsque Garret avait surgi.

— Que fait-on de ces deux individus ? demanda-t-elle à Dugan.

— Deux affiliés vont garder le détective comme otage, tandis que nous irons à Blakeley rejoindre nos amis et reprendre le diamant bleu en compagnie de Bessie Watson à qui je me charge de délier la langue.

Deux affiliés du Double-Cercle désignés par Dugan se jetèrent sur Garret, le ficelèrent, tandis que la pauvre Bessie était jetée en travers d'une selle et emportée, entourée par les cavaliers que précédaient Dugan et Rosa Brock.

CHAPITRE XVI

LA TÊTE DE CERF

Les hommes conduits par Doods n'avaient pas perdu un instant pour se rendre à la maison de Blakeley...

Tout les favorisait.

Garret était loin de sa maison, Bessie était prisonnière et les cow-boys étaient éparpillés sur la vaste propriété, les uns occupés à des travaux agricoles, les autres pêchant et chassant, profitant des derniers beaux jours de la saison.

Quelques rares serviteurs, trop vieux pour travailler dehors, restaient à garder la maison sous la surveillance de Lola qui avait été promue au rang d'intendante et joyeusement s'occupait de tout, heureuse de rendre service à sa maîtresse et amie, Bessie Watson.

Que Lola fût parfaitement heureuse, nous ne pourrions l'affirmer.

Quand elle était seule, son joli visage s'attristait, ses yeux se voilaient de mélancolie.

Elle pensait à Ali-Pendjed qu'elle aimait toujours, qu'elle regrettait un peu.

Elle lui avait pardonné ses dédains, ses paroles amères, ayant conservé au fond du cœur l'espoir qu'un jour peut-être il reviendrait à de meilleurs sentiments.

Mais pour cela, il fallait qu'Ali-Pendjed ne revît jamais Bessie.

Il fallait aussi que lui fût remise la bague de jade qu'il convoitait.

Or, cette bague que Lola croyait à jamais perdue, voici que de nouveau elle brillait au doigt de Bessie.

L'Aigle l'avait rendue...

Et Lola, ce jour-là, rêvait aux moyens d'entrer en possession de cette bague qu'elle irait porter à Ali-Pendjed, s'offrant avec ce bijou si précieux à celui qu'elle n'avait cessé d'aimer.

Voler la bague à Bessie, Lola n'y songeait pas.

Elle aimait trop la jeune fille qui spontanément lui avait accordé sa confiance et son appui et la traitait comme une sœur.

Comment décider Bessie à se séparer de ce joyau qui n'avait pour elle aucune valeur puisqu'elle ne recherchait pas la fortune qu'il pouvait lui procurer, puisqu'elle allait être la femme de celui qu'elle adorait ?

En pensant à cela, les yeux de Lola se fixèrent sur la tête de cerf.

Elle évoqua la scène à laquelle elle avait assisté sans être remarquée, quand Garret avait dévissé la corne gauche, lorsque Bessie avait glissé le précieux diamant bleu dans la petite ouverture.

Un sourire fit entr'ouvrir les lèvres de Lola, découvrit des dents étincelantes commes des perles.

Elle s'approcha de la tête de cerf, la considéra, monta sur une chaise.

Les bandits de Doods arrivaient ventre à terre, sautaient à bas de leurs montures, se ruaient avec des cris féroces dans l'intérieur de la maison, brutalisant les malheureux serviteurs épouvantés, s'amusant à briser à coups de revolver les glaces, les statues, hurlant, vociférant, tels des démons...

Lola, tremblante, était descendue de sa chaise.

Elle allait gagner le corridor, fuir par une porte dérobée.

Trop tard...

Trois bandits l'avaient vue, appelaient leurs camarades.

Doods accourut.

— Tiens, fit-il, une Hindoue, que fait-elle ici ?

— Je suis au service de miss Watson... dit Lola.

— Et les autres, tes compatriotes, où sont-ils ?

— Ils ont dû repasser les mers, retourner au pays hospitalier plein de lotus et de lumière où nos dieux sont honorés...

— C'est bon... Il ne s'agit pas de cela... As-tu entendu parler d'un diamant bleu ?...

— Un diamant bleu ?... s'étonna Lola... Je n'ai jamais vu de diamant de cette couleur...

— Elle ne sait rien... dit un bandit. Il est évident que les autres ne lui ont pas confié leur secret.

— Voici Eva Darling, et Dugan et les autres... hurla d'en bas un bandit... Ils ont avec eux la voleuse...

La voleuse, c'était Bessie.

Une acclamation sauvage accueillit les arrivants.

Lola profita du mouvement occasionné par l'arrivée du reste de la bande pour se glisser derrière une tenture, disparaître, se réfugier dans un petit cabinet noir attenant à la chambre de Bessie.

La malheureuse, traînée, bousculée, frappée, les cheveux épars, montait l'escalier.

On la poussa dans sa chambre.

— Et maintenant, dit Rosa Brock, finissons-en... De gré ou de force qu'elle dise où est le diamant... Si elle se tait, qu'on la tue !...

— Mais non, dit Dugan, ce n'est pas la crainte de la mort qui fera parler Bessie Watson... Je la connais... c'est une entêtée qui irait au-devant du revolver qui doit lui casser la tête...

« La mort ne lui fait pas peur...

« Mais la torture aura raison de son obstination...

« Qu'on fasse un bon feu et qu'on lui fasse griller les pieds... C'est souverain pour les maux de tête... Ça fait descendre le sang... Ça délie la langue, qui parle toute seule...

Bessie jeta un cri d'horreur que couvrirent les rires et les lazzis des bandits...

Mais le plaisir qu'ils escomptaient en torturant une femme leur fut refusé...

— Alerte ! cria une voix... voici les cow-boys de Garret...

En effet, intrigués par le passage de ces deux bandes, les cow-boys qui avaient vu ces cavaliers s'étaient réunis, abandonnant leurs travaux, et lorsque l'un d'eux eut affirmé avoir reconnu parmi ces brigands la fiancée du maître, tous d'un même élan coururent chercher leurs armes et prirent en hâte le chemin de la maison de Blakeley.

Un des hommes de Dugan resté en bas les vit venir de loin et donna l'alarme.

Affronter les cow-boys de Garret qui étaient plus d'une centaine, Dugan ne s'y risqua pas.

— Sauve qui peut ! cria-t-il. On reviendra...

Passant par les fenêtres, dégringolant l'escalier, se bousculant, hurlant, en un rien de temps tous les bandits furent hors de la maison, et s'élancèrent derrière Dugan et Rosa Brock, qui étaient toujours les premiers à fuir comme les premiers à faire le mal...

Les cow-boys instinctivement se mirent à leur poursuite, prodiguant les coups de revolver et les coups de fusil.

Bessie, remise de son émoi, se dirigea vers la fenêtre pour encourager ses défenseurs.

Mais un homme surgit qui avait vu qu'il n'y avait rien à craindre pour l'instant des cow-boys de Garret et saisissant Bessie par le poignet :

— Le diamant... Dites tout de suite où est le diamant ou je vous tords le bras jusqu'à ce qu'il soit brisé...

Terrifiée, Bessie regarda Doods, qui, plus brave et plus hardi que ses camarades, au lieu de fuir s'était dissimulé derrière un des grands rideaux de la fenêtre et avait vu la fuite des siens, la poursuite des autres.

— Vous me faites mal, gémit Bessie.

— Le diamant...

— Grâce ! vous me cassez le bras...

— Le diamant.

Bessie tomba à genoux...

Elle sentit que le bandit allait faire le dernier mouvement, lui casser le bras.

Vaincue par la douleur elle gémit :

— Il est... il est... dans la tête de cerf... sous la corne gauche...

Lâchant la malheureuse qui se releva avec peine, Doods s'élança, arracha la tête de cerf, et il allait vérifier l'exactitude de la révélation de Bessie lorsqu'il entendit un bruit de pas dans le corridor.

— Silence ! vous, dit-il à Bessie, qui n'avait guère envie de crier... Silence ou je vous étrangle...

Les pas se rapprochaient.

C'était Justin Garret qui, mal ficelé, avait faussé compagnie à ses gardiens, après avoir assommé l'un, brûlé la cervelle à l'autre, et qui arrivait au secours de Bessie.

Essoufflé, il ouvrit toute grande la porte et tomba assommé.

Doods venait de le frapper à la tête d'un coup de crosse de revolver, n'osant faire feu, car la rumeur des cow-boys qui revenaient, abandonnant la poursuite des autres, lui fit craindre d'attirer vers lui ces gens d'humeur pas commode.

Débarrassé de Garret dont il enjamba le corps, Doods s'échappa de la chambre, gagna le derrière de la maison, détala tenant entre ses mains la tête de cerf, enveloppe ridicule d'un diamant qui valait des millions.

Mais Garret avait la tête plus dure que ne le pensait Doods.

A peine le bandit était-il parti que le détective se mettant sur son séant s'ébrouait, respirait bruyamment, tâtait son crâne, et se relevait.

Bessie était près de lui.

— C'est ce scélérat de Doods, il m'a presque brisé le poignet... Il a emporté la tête de cerf...

— Damned ! jura Garret se relevant d'un bond... Je veux la tête de cerf et l'autre... Au revoir, Bessie...

Et le détective à son tour s'élançait

Film Pathé.

Cachée au centre de l'eucalyptus, Bessie avait suivi toute la scène.

Film Pathé.

Indigènes et aventuriers, ameutés par Dugan, tentaient de barrer le passage aux nouveaux arrivants.

Film Pathé.

Un des agresseurs de Bessie ayant trouvé le testament, le lisait et en donnait connaissance à ses acolytes.

Film Pathé.

Aidés par Bessie, les trois hommes avaient joyeusement apporté sur le bureau le contenu du coffre.

dehors, sautait sur son cheval et se mettait à la poursuite de Doods.

Justin Garret ne pouvait digérer tous ses échecs de la journée et brûlait de prendre sa revanche, de venger Bessie et lui-même de l'incroyable traitement dont ils avaient été victimes...

Bessie Watson qui avait compris la pensée de Justin ne songea pas à le retenir.

Elle trouvait ce désir trop naturel et elle-même, si elle n'avait pas eu le bras aussi endolori, aurait aidé Justin dans sa poursuite...

Les plaintes et les caresses étaient reportées à plus tard...

— Miss Bessie... dit une voix douce...

— Ah ! Lola... petite Lola... c'est vous ?...

Lola sortait de sa cachette.

— Ils ne vous ont pas fait de mal, miss ?... Je n'entendais rien dans ma sombre cachette...

— Si, Lola, un bandit m'a tordu le bras avec tant de force que, vaincue par la douleur, j'ai tout dit... J'ai révélé à Doods où était le diamant bleu... Voyez, il a emporté la tête...

Lola regarda le mur, constata la disparition de la tête de cerf et sourit :

— Votre diamant, miss Bessie, n'est peut-être pas perdu.

« L'échangeriez-vous contre la bague de jade, plus précieuse pour certaines personnes que tous les diamants bleus ?...

— L'échanger ? Comment cela se pourrait-il ?

— Si ce Doods... ou une autre personne... vous disait : « Voilà le diamant bleu qui vaut une fortune, donnez-moi cette bague qui pour vous n'a aucune valeur à présent... »

— Aucune valeur, cela dépend... Tenez, Lola... lisez le billet que j'ai reçu en même temps qu'on me faisait mystérieusement parvenir cette bague.

Elle alla prendre dans un tiroir un papier qu'elle gardait précieusement, le tendit à Lola qui lut :

« Si la personne qui possède la ba-
« gue de jade veut se rendre à Dusty
« Bend, dans l'ouest, il lui sera révélé
« un secret de la plus haute impor-
« tance.

« L'Aigle. »

— Ma chère Lola, si vous connaissez le secret de la bague de jade, dites-le-moi et peut-être alors n'hésiterai-je pas à me séparer de ce bijou que tant de gens convoitent... Vous avez compris, ma petite Lola ?

Lola, troublée, murmura :

— Pour moi, c'est le prix d'un cœur...

Emue, Bessie retira la bague, la tendit à Lola.

— Prenez, dit-elle.

Mais Lola n'eut pas le temps de prendre la bague.

Sautant par la croisée, un homme tombait dans la chambre, entre les deux femmes, s'emparait de la bague et bondissant se sauvait par le chemin qu'il avait pris.

— L'Aigle ! s'écrièrent Bessie et Lola stupéfaites.

CHAPITRE XVII

QUI EXPLIQUE CERTAINES CHOSES

Le cœur de l'homme et celui de la femme aussi d'ailleurs ont des raisons que la raison ne comprend pas.

C'est pourquoi l'Aigle qui consentait au mariage de Bessie et de Garret ne pouvait se résigner à n'avoir plus en sa possession la bague de jade qui devait lui permettre d'épouser Bessie.

Il savait que cette bague — s'il la détenait — ne modifierait en rien les sentiments de Bessie Watson à son égard et cependant il ne pouvait se consoler d'avoir perdu ce talisman.

C'est qu'au fond du cœur il avait un espoir qu'il n'osait s'avouer et qui, s'il l'avait formulé à haute voix, l'aurait fait rougir de honte, comme étant une chose abominable.

Ce vague espoir existait cependant.

Le détective Garret dans ses courses aventureuses, dans ses hardies poursuites de criminels, pouvait être tué et... alors...

Certes l'Aigle ne souhaitait pas la mort de son rival...

Il eût au contraire risqué sa vie pour sauver celle de Garret.

De loin il avait veillé sur lui... à cause de Bessie, il est vrai ; mais, enfin, il avait survolé les amoureux quand ils revenaient à Blakeley et les avait débarrassés de Doods et de Rosa Brock, il le croyait du moins, et il était prêt encore à les servir de son mieux, mais...

Ce « mais » était gros de pensées compliquées et confuses.

Mais Justin Garret pouvait être tué...

Mais Bessie après l'avoir bien pleuré pouvait, tout en lui gardant un fidèle souvenir, chercher un autre appui.

Mais lui, l'Aigle, avait toujours été dévoué à Bessie.

Mais il l'avait toujours aimée...

Mais elle pouvait peut-être un jour se laisser attendrir par tant d'amour.

Et alors, usant du pouvoir que lui aurait donné la bague, ne pouvait-il, lui, précipitant les événements, la pousser à ce mariage qui, en l'enrichissant, l'aiderait à supporter les chagrins passés ?...

Et ces multiples réflexions agitèrent tellement l'Aigle qu'il se résolut à tout tenter pour rentrer en possession de la bague de jade.

Peut-être serait-elle toujours inutile, mais aussi peut-être servirait-elle un jour.

Ayant décidé que la bague devait lui appartenir de nouveau, l'Aigle arrêta avec Dick les moyens d'obtenir ce résultat.

Tous deux savaient à présent que Bessie habitait au ranch Blakeley et connaissaient l'endroit exact où se trouvait la maison...

Il fallait donc se rendre à Blakeley dans le plus bref délai.

L'avion serait caché dans les environs et l'Aigle irait sur place étudier la topographie de la maison dans laquelle il comptait s'introduire quelques jours plus tard, en l'absence de Garret.

Point n'est besoin de dire que l'Aigle n'avait nullement dessein de faire violence à Bessie, ni de lui arracher la bague par la menace ou la force.

Il voulait au contraire s'en emparer mystérieusement, à l'insu de tous.

Bessie Watson devrait ignorer qui lui avait pris la bague.

Le plan de l'Aigle était des plus simples.

Une fois qu'il connaîtrait bien les aîtres, il s'introduirait dans la maison sans être vu, verserait un narcotique dans une boisson destinée à Bessie et, profitant de ce sommeil factice, il lui prendrait doucement la bague, irait retrouver Dick et tous deux s'envoleraient tranquillement.

A son réveil Bessie pourrait faire toutes les suppositions qu'il lui plairait, peu lui importait.

Dick Sleater approuva ce plan qu'il trouvait fort sage.

Il ne restait plus qu'à le mettre à exécution.

Au jour fixé, les deux aviateurs quittèrent leur retraite qui se trouvait être maintenant la caverne restée toujours ignorée de tous où ils cachaient leurs avions, et ils prirent leur vol vers Blakeley.

Ils allèrent atterrir loin de tout sentier battu, au milieu d'un terrain plat bordé de hauts rochers, sorte d'entonnoir qui avait dû jadis être le fond d'un vaste étang à présent desséché par le soleil. Laissant là son fidèle pilote, l'Aigle se dirigea vers la maison de Blakeley, mais en traversant un coin de la forêt il éprouva une première surprise.

Alors qu'il était abrité par les hautes herbes, il vit passer Doods tenant sous son bras une tête de cerf.

« Que Doods soit vivant, cela est déjà étrange, se dit l'Aigle ; mais qu'il se promène avec une tête de cerf empaillée sous le bras, c'est encore plus bizarre.

« Je conçois fort bien que l'on soit original, mais je ne comprends pas au juste po[illegible]oi ce gaillard, que je pensais avoir rayé du nombre des vivants, court comme un dératé avec le chef boisé de ce cerf défunt. Je me refuse à croire qu'il cherche à battre un record et je ne pense pas qu'il s'agisse non plus d'un jeu nouveau que j'ignore. Enfin ! il est probable que j'apprendrai plus tard le but de cette étrange randonnée de Doods !

Il continua sa route, croisa quelques minutes plus tard, toujours sans être vu, Justin Garret qui lui parut dans un état d'exaltation extraordinaire.

« Il se passe quelque chose à Blakeley », se dit l'Aigle, vaguement inquiet.

Une troisième rencontre l'intrigua.

Au moment où il allait sortir du fourré qui avait masqué sa marche jusque-là, il vit courir, courbé en deux, un homme vêtu en Mexicain, qui, afin de passer inaperçu, se rapetissait, puis finalement se courbait à terre et, rampant comme un serpent, gagnait la partie arrière de la maison.

L'Aigle haussa les épaules.

« C'est un espion de Dugan, se dit-il. Quand j'aurai jeté un coup d'œil dans l'intérieur de la maison, j'irai démasquer ce gredin et lui infliger une correction dont il se souviendra.

« Pour l'instant, faisons ce que j'ai mis dans mon projet de faire. »

Les cow-boys, revenus de leur vaine poursuite, après avoir longtemps péroré devant la vaste maison étaient entrés, interrogeaient les domestiques, se rendaient aux écuries.

Bientôt il n'y eut plus personne aux abords de la maison.

L'Aigle avisa un gigantesque eucalyptus, placé à droite du corps principal du bâtiment et dont une maîtresse branche semblait vouloir pénétrer par une fenêtre du premier étage, mais, arrivée à environ deux mètres du mur, la g[illegible]e branche changeait d'avis, renonçait à ses intentions hostiles contre l'inoffensive fenêtre, et montait hardiment vers le ciel.

« Ceci va me faire un excellent poste d'observation », pensa l'Aigle qui, ayant jeté un regard autour de lui pour s'assurer que nul ne l'avait vu, étreignit le tronc de l'arbre et se hissa sans trop de peine jusqu'au poste qu'il convoitait.

A peine était-il installé qu'une émotion violente s'empara de lui.

Par la baie de la fenêtre grande ouverte, il voyait Bessie et Lola.

Il entendait ce qu'elles disaient.

Il voyait Bessie retirer de son doigt la fameuse bague de jade et l'offrir à la jeune Hindoue.

Ce fut alors plus fort que lui.

Il agit par réflexe, se dressa sur la branche et, bondissant, vint tomber au milieu de la chambre.

Il s'empara de la bague, l'arrachant à Bessie, et, au risque de se tuer, il sauta par la fenêtre, roula sur les pierres, se releva et s'enfuit à toute vitesse, redoutant les cris d'appel de Bessie et craignant d'avoir à ses trousses tous les cow-boys du ranch.

Mais la stupeur des deux femmes avait été telle qu'elles se regardaient ahuries, ayant jeté ce nom : « L'Aigle », se demandant si elles n'avaient pas rêvé, si elles n'étaient pas victimes d'une hallucination.

Bessie la première revint de son émoi, s'approcha de la fenêtre.

Elle ne vit au loin nulle trace du voleur.

Pourtant aucun doute n'était possible, puisque la bague de jade avait disparu.

Dans les yeux de Lola brillaient de grosses larmes qui, mieux que tout, attestaient que ce fameux bijou qu'elle enviait tant n'était plus là.

Bessie l'embrassa.

— Lola, je suis désolée certes de la perte de cette bague et, je l'avoue, pour vous autant que pour moi, car j'imagine que vous auriez fini par me révéler le secret qui y était attaché.

Lola essuya ses yeux, touchée jusqu'au fond du cœur par la gentillesse de Bessie, sa spontanéité à vouloir lui donner cette bague afin qu'elle pût satisfaire la cupidité d'Ali-Pendjed et reconquérir son cœur. Lola, touchée de ce joli geste, ne voulut pas être en reste avec sa maîtresse.

— L'Aigle vous a pris la bague de jade, dit-elle, eh bien ! voici le diamant bleu...

Glissant la main dans son corsage, elle en retira le diamant bleu, enveloppé dans un petit foulard.

— Le diamant bleu ! s'écria Bessie, étonnée et ravie... Comment cela se peut-il ?

« Il était dans la tête de cerf...

— Oui, dit Lola, mais je connaissais la cachette et j'ai pris le diamant quand j'ai entendu venir les hommes de Dugan...

Bessie radieuse avait pris le diamant, entraînait Lola vers la fenêtre et aux rayons du soleil fit miroiter la splendide pierrerie.

— Est-il beau !... Il est unique... Et ce diamant aurait appartenu à ces brigands ?...

— Oh ! miss, quel est cet homme-là qui dort au pied de la maison ?...

Bessie se pencha, vit un homme habillé en Mexicain, qui se levait, abandonnait le mur contre lequel il était couché sous la fenêtre et saluait gauchement.

— Je ne le connais pas, dit Bessie indifférente, c'est quelque nouveau serviteur engagé pour les récoltes...

Et revenant au milieu de la chambre, Bessie et Lola se mirent à bavarder gaiement, s'extasiant sur la beauté du diamant bleu.

CHAPITRE XVIII

PAR LES PIEDS

Emporté par la colère, Garret était parti, écoutant distraitement les explications que lui avait données un de ses cow-boys qui avait vu en effet s'enfuir un des cavaliers portant entre ses bras une tête de cerf.

Cette préoccupation de Garret devait être cause d'une dangereuse erreur.

Relevant sur le sol les marques des sabots d'un cheval, il avait ardemment suivi cette piste jusqu'au moment où il avait vu ces traces se confondre avec d'autres.

Il s'était alors arrêté, réfléchissant.

Les gens de Dugan n'avaient pu passer par là, puisque c'était la route que lui Garret avait prise pour venir et qu'ils s'étaient enfuis dans une direction opposée.

Il descendit de cheval, examina attentivement le sol et finit par se rendre compte que ces traces avaient été laissées par les cow-boys du ranch qui, après avoir vainement poursuivi Dugan, avaient gagné la grand'route en essayant de couper celle des fuyards.

Et en effet, continuant son examen, Garret vit cent mètres plus loin obliquer ces traces qu'il suivit et brusquement les traces à travers champs se dirigèrent vers Blakeley.

La piste qu'il avait suivie était celle d'un cow-boy du ranch qui avait tardivement rejoint ses camarades.

Mais le détective pour cela ne renonça pas à sa poursuite.

Il était persuadé que Doods n'avait pu rejoindre encore les autres et qu'il devait retrouver des traces fraîches dans un rayon de quelques milles.

Il continua donc ses recherches, perdant un temps précieux, tandis qu'à ce moment même Bessie, qui aurait eu grand besoin de son appui, allait justement se trouver en présence de ce même Doods que le détective cherchait avec tant d'acharnement.

En effet, pendant que Garret s'obstinait vainement à vouloir retrouver son ennemi, et que Bessie bavardait gaiement avec Lola, le Mexicain aperçu par la jeune Hindoue s'était hâté de s'éloigner de Blakeley, redoutant qu'un appel des deux femmes ne jetât à sa poursuite les cow-boys de Garret.

Dans l'état de fureur où ils étaient après avoir manqué Dugan, les cow-boys auraient jugé d'une façon expéditive le faux Mexicain qui n'eût pas tardé à sentir autour de son cou le contact désagréable d'une corde maintenant son corps entre le ciel et la terre.

Il ignorait la réponse indifférente de Bessie et mettait le plus de distance possible entre lui et cette maison maudite.

Même, lorsqu'il se crut loin de tous les regards il n'hésita pas à échanger son pas rapide contre une allure désordonnée vers le coin du bois où il avait caché son cheval.

Il ne respira longuement que lorsqu'il fut en selle.

Alors il partit au triple galop, mais resta sous bois, la tête penchée sur l'encolure du cheval qui, fouetté au passage par de petites branches, accélérait son allure.

Or la joie du Mexicain fut promptement troublée.

Dans ce bois épais où il se croyait en parfaite sûreté, il entendit soudain hennir un cheval.

Brusquement il arrêta sa monture, se laissa glisser à terre, attacha son cheval à un arbre, et rampant sur le sol se dirigea vers l'endroit d'où venait ce hennissement.

Un cavalier arrivait, les yeux injectés de sang, pâle de fureur, jurant et sacrant sans souci d'être entendu.

Le Mexicain se releva joyeux.

— C'est Doods, fit-il.

Il siffla trois fois longuement, puis lança un cri bref.

A ce signal connu de tous les affiliés du Double-Cercle, Doods ralentit le pas de son cheval, regarda autour de lui, essayant de percer du regard l'épaisseur des branchages, après avoir eu soin toutefois de prendre son revolver.

— Ne tirez pas, Doods, c'est moi...

Le Mexicain apparut.

— C'est vous, gronda Doods... que le diable vous emporte !

« Que faites-vous ici ?

— Je vous cherchais...

— Moi ?

— Vous ou Dugan ou notre grand chef, miss Darling, car j'ai une bonne nouvelle à vous annoncer...

— Par le diable ! jura Doods, ce n'est pas trop tôt que j'apprenne quelque chose d'heureux...

« En vérité tout semble ligué contre nous pour que toutes nos affaires ratent...

« Nous sommes ensorcelés...

« Tout à l'heure j'avais cru faire un coup de maître...

« Resté seul à Blakeley House, tandis que les affiliés décampaient terrifiés par l'arrivée des cow-boys de l'infernal Garret, j'avais pu par la violence en cassant à demi le bras de la Bessie Watson lui arracher son secret...

« Vaincue par la douleur, la damnée fille m'a avoué que le diamant bleu était caché dans une tête de cerf suspendue au mur, dans un trou de la corne gauche.

« J'ai vivement pris cette tête et j'allais dévisser la corne quand est arrivé, bien malheureusement pour lui, le détective.

« Je lui ai brisé la tête d'un coup de crosse de mon revolver et je suis parti aussitôt, car la Bessie, revenue de la douleur qui l'anéantissait, n'allait pas manquer d'ameuter tout le monde...

« J'ai joué des éperons et quand je me suis cru suffisamment loin j'ai arrêté mon cheval et j'ai procédé à l'examen de la tête de cerf...

« Damnée soit cette Bessie !...

« La coquine avait menti...

« Sous la corne gauche dévissée il y avait bien un trou, mais rien dedans.

« Elle s'était jouée de moi une fois de plus, la scélérate...

« Mais je vais lui apprendre qu'on ne se moque pas impunément de Doods...

« Il arrivera ce qu'il arrivera, mais dussé-je m'asseoir sur la chaise électrique, être lynché par les cow-boys, je vais de ce pas envoyer ce démon femelle rejoindre dans l'autre monde son détective...

Le Mexicain en souriant retint le cheval par la bride.

— Ne soyez pas si pressé, Doods, et écoutez-moi...

« Ce que j'ai à vous dire est autrement intéressant que vos jurons et vos menaces...

« Je sais où est le diamant bleu...

Le visage de Doods s'éclaira.

— Dites-vous vrai, mon cher vieux garçon ?

— Je l'ai vu...

— Où cela ?

— Entre les mains de miss Bessie... mais ne vous agitez donc pas ainsi...

« Et tout d'abord, Doods, laissez-moi rectifier une petite erreur...

« Le détective que vous croyez avoir tué se porte assez bien... Il se porte même si bien qu'en ce moment il court après vous pour vous donner la monnaie de votre coup de crosse...

« Je l'ai vu partir devant moi, mais se diriger du côté opposé à celui que vous avez pris...

« Il risque donc de courir longtemps...

— Je n'ai pas tué le détective ? s'étonna Doods. J'ai pourtant frappé assez fort...

— Il faut croire qu'il a le crâne plus solide que nos crânes à nous, car je veux que l'enfer m'extermine si j'ai jamais vu quelqu'un survivre à votre terrible coup !...

Doods, au lieu de se montrer flatté, courba la tête, l'air penaud...

— Mes facultés baissent, mon ami... Voilà deux fois que je rate mon coup...

« L'Aigle d'abord qui revient à lui après un coup qui aurait tué un bœuf... Il est vrai qu'il avait son casque sur la tête... puis Garret...

« Ces brutes-là sont donc invulnérables ?...

— C'est ce qu'on verra plus tard si le chef nous autorise à leur envoyer à bout portant quelques balles de revolver...

« Mais pour en revenir à mon récit, Garret parti, je me suis approché de la maison, avisant un eucalyptus qui se trouve non loin du mur à quelque distance de la fenêtre de Bessie Watson...

« Cet arbre semblait placé là exprès pour servir d'observatoire...

« Je voulais me jucher sur ses branches et regarder... et surtout écouter... N'oubliez pas qu'à plusieurs reprises, en écoutant ainsi des paroles qui ne m'étaient pas destinées, j'ai pu recueillir des renseignements utiles dont nous avons essayé de profiter...

« Malheureusement la chance ne nous a pas favorisés...

— Mais le diamant... le diamant ?... s'écria Doods énervé par ce bavardage...

— M'y voici...

« Au moment où je me disposais à grimper sur l'arbre, est-ce que ne voilà pas la Bessie et l'Hindoue qui s'approchent de la fenêtre ?...

« Trop tard pour me cacher...

« J'allais être vu sûrement...

— Alors qu'avez-vous fait ?

— Je me suis laissé choir contre le mur et, au moment où ces deux jolis oiseaux commençaient leur ramage, je me suis à demi soulevé, m'essuyant les yeux, et bâillant à me décrocher la mâchoire, puis, feignant d'être honteux d'avoir ainsi été surpris à dormir, j'ai salué gauchement les deux princesses et je suis parti...

— Mais le diamant bleu ?... rugit Doods...

— Eh bien ! dit triomphalement le Mexicain, il était dans les mains de Bessie qui à la fenêtre le faisait étinceler au soleil et admirer à l'Hindoue...

« Le diamant avait été évidemment retiré par elle de la corne de cerf bien avant que vous soyez dans la maison...

— Ah ! s'écria Doods, elle a le diamant... C'est bien... nous allons rire...

— Et le détective est justement absent, l'imbécile...

— A cheval ! dit Doods.

— Où allons-nous ?...

— A Blakeley House, parbleu ! Vous m'attendrez non loin de la maison et vous garderez mon cheval pour que nous puissions détaler avec rapidité dès que le coup sera fait.

Ils reprirent aussitôt le chemin de Blakeley.

Une déconvenue attendait Doods.

Après avoir laissé le Mexicain et les chevaux soigneusement dissimulés à deux cents mètres de la maison, Doods, en s'approchant sans être vu de personne, remarqua un grouillement inaccoutumé, un va-et-vient inquiétant de cow-boys.

Il reconnut bientôt qu'il avait tort de s'alarmer et avait au contraire lieu de se réjouir.

Les cow-boys quittaient la maison, rassurés sur le compte de Bessie qui, sur le perron, leur serrait la main, en les remerciant.

Ces braves gens rentraient chez eux, regagnaient leurs cases, protestant de leur dévouement. Ils partaient en groupes, joyeux et bavards, sans oublier de lancer quelques épithètes peu flatteuses à l'égard de Dugan et de ses bandits.

— C'est parfait ! murmura Doods... Il ne restera plus que quelques vieux gâteux dont j'aurai facilement raison en tirant en l'air quelques coups de revolver...

« Mais par mesure de prudence, il est préférable que je n'entre pas dans la maison en utilisant l'arbre dont m'a parlé le Mexicain.

« Quelque cow-boy pourrait avoir oublié quelque objet, revenir sur ses pas, et me voir grimper...

« Le plus sûr est d'entrer par la porte de derrière qu'il est facile de forcer si elle n'est pas ouverte.

La porte n'était que poussée et Doods put entrer librement comme chez lui.

Les serviteurs étaient réunis dans les pièces de devant, s'extasiant sur le courage de Bessie, et se moquant de Dugan et de son infernale bande.

Doods les entendit et grommela :

— Stupides que vous êtes ! Essayez de contrecarrer mon projet tout à l'heure et vous verrez comment je vous ferai rentrer vos insultes dans la gorge...

Il monta au premier étage.

Bessie, sur le seuil de la chambre, donnait quelques ordres à Lola.

L'Hindoue se retira pour les exécuter...

La chambre de Bessie se referma.

Doods s'élança, se jeta sur Lola qui se mit à crier :

— Miss... voici le bandit de tout à l'heure... Prenez garde !

Elle ne put en dire plus long.

Doods lui serrait la gorge, étouffait ses cris, l'étranglait à moitié, la jetait dans une chambre dont il fermait la porte à clef et se ruait contre la chambre de Bessie.

Mais Bessie avait entendu Lola, et précipitamment avait poussé le verrou de sûreté, donné un tour de clef.

Le temps de chercher son revolver, d'aller secourir Lola.

Mais le revolver ne se trouvait pas.

Doods donna un coup de poing qui fit craquer la porte.

— Ouvrez... ou j'enfonce la porte, dit-il.

Bessie sursauta.

Le diamant bleu était là, sur un guéridon, bien en évidence.

Elle s'en empara, l'enveloppa du petit foulard de Lola, puis l'ayant vivement fait disparaître dans son corsage elle recommença à chercher fébrilement son revolver en criant.

Mais ses cris ne pouvaient être entendus des serviteurs, réunis dans les salles du bas, car les murs étaient très épais, et eux-mêmes faisaient un tel bruit qu'il leur eût été impossible de percevoir les cris de leur maîtresse.

— Tonnerre !... jura Doods, vous ne voulez pas ouvrir, la belle... Allons ! tant pis pour vous... votre résistance vous coûtera cher...

Un coup sec, net...

Le tranchant d'une hache brilla à travers le panneau ; un petit éclat de bois tomba aux pieds de Bessie.

— Que faire ? dit-elle angoissée... Comment échapper à cette brute ?...

« Comment sauver le diamant bleu ?...

Un coup plus violent détacha un nouvel éclat de bois plus gros.

Mais la porte était solide.

Elle ne cédait pas.

Doods alors s'attaqua à la serrure.

— Mon revolver !... fit Bessie affolée, courant çà et là. Où est-il ?... On a dû le prendre...

Cette fois le coup donné par Doods fut si violent que la porte parut céder.

Des pas précipités.

Doods interrompit sa sinistre besogne.

Attirés par ce bruit insolite, deux serviteurs accouraient.

Ils furent accueillis à coups de revolver, s'enfuirent épouvantés, ayant dans les oreilles la terrible menace de Doods :

— Le premier qui se montre... le premier qui crie... je le tue...

Terrifiés, les malheureux allèrent raconter aux autres qu'une invasion de bandits démolissait tout là-haut, que Lola venait d'être tuée et que miss Bessie était captive...

Sortir de la maison, courir chercher des cow-boys, nul n'osa.

Ils craignaient d'être criblés de balles dès qu'ils auraient mis les pieds dehors...

Tremblants, réunis tous dans la même salle, hommes et femmes en hâte barricadèrent la porte, les fenêtres, croyant venue leur dernière heure, écoutant avec terreur les bruits sourds qui se faisaient entendre au-dessus de leur tête.

La porte enfin vola en éclats.

Avec un cri de triomphe Doods s'élança, la hache au poing, farouche, bestial, terrible.

— Le diamant ou la mort ! hurla-t-il.

Nulle réponse.

Personne devant lui.

Comme une hyène en cage, montrant les crocs, écumant de rage, Doods se mit à tourner dans la chambre, cherchant Bessie, brisant les meubles, bouleversant tout.

Il vociféra :

— La fenêtre ouverte... la damnée Bessie a sauté tandis que je perdais mon temps à démolir la porte...

Il se pencha.

— Un étage à peine... Elle a dû s'accrocher par les mains au rebord... se laisser choir... Agile comme elle l'est, c'était un jeu pour elle...

« Enfer et damnation !... elle m'échappe encore...

Il regarda au loin.

Rien...

— Elle ne saurait être loin... En lui donnant la chasse avec le Mexicain, je peux encore la rattraper...

« Ne perdons pas une minute.

Il allait sauter par la fenêtre, se ravisa, fit demi-tour, sortit de la chambre, traversa le corridor, descendit l'escalier, gagna la petite porte par où il était entré, se trouva dehors.

Dans l'eucalyptus, une forme humaine bougea.

Un visage à travers les larges feuilles se montra.

C'était le gracieux visage de Bessie qui souriait, enchantée d'avoir déjoué encore une fois les projets de cette brute féroce.

Au moment où Doods s'amusait à tirer des coups de revolver sur les serviteurs de Blakeley, Bessie, ayant recouvré son sang-froid et renoncé à chercher son revolver, s'était tranquillement dirigée vers la fenêtre, bien décidée à sauter en bas.

Elle se mit debout sur le rebord, mais au moment de prendre son élan, ayant regardé au-dessous d'elle et constaté la présence de grosses pierres, elle fit la grimace.

— Je ne me tuerais certainement pas... mais je risque de me casser une jambe. La jolie mariée que je ferais au bras de Justin, avec une jambe de bois !

« Et même si je ne tenais pas essentiellement à conserver un physique qui ne désoblige pas mon fiancé, il me déplairait d'être immobilisée sur un lit pendant plusieurs semaines.

« Certes, un accident de ce genre ne serait pas pour déplaire à Dugan et à Rosa Brock, mais je ne me soucie guère de tout ce qui peut leur être agréable et je tiens à rester le plus longtemps possible en état de résister à leurs malveillantes intentions.

Et comme elle monologuait ainsi, ses yeux se fixèrent sur cette grosse branche distante de deux mètres de la fenêtre...

Bessie n'hésita plus.

Raidissant son corps, les bras élevés au-dessus de sa tête, elle laissa tomber obliquement son corps.

Ses mains vinrent heurter la branche, s'y cramponnèrent et, avec l'adresse d'une gymnaste consommée, Bessie, par un élégant et vigoureux rétablissement, se hissa, enjamba la branche, gagna l'épaisse frondaison où elle s'abrita.

Nul ne pouvait la deviner au centre de cet eucalyptus.

Elle vit entrer Doods, assista au massacre de son mobilier, se tint silencieuse lorsqu'elle aperçut à la fenêtre le bandit scrutant l'horizon, puis, lorsqu'il eut disparu, elle écouta quelques minutes encore et, rassurée par le silence qui succédait à tout ce bruit, elle risqua sa tête à travers les branches, mesura la distance entre la grosse branche et la fenêtre.

Rentrer dans sa chambre en sautant de l'arbre et en essayant de s'accrocher au rebord de la fenêtre lui parut dangereux.

— Ce serait stupide, pensa-t-elle.

« C'est beaucoup plus difficile que d'attraper la branche.

« Le plus simple est de descendre de cet arbre et d'entrer comme tout le monde par la porte.

« Les portes sont généralement faites pour ça.

« Mais comment se fait-il que Doods soit revenu ? Il aura vu qu'il n'y avait pas le diamant dans la tête de cerf, et naturellement il revenait pour le chercher...

« Justin n'a donc pas suivi sa piste ou bien serait-il encore tombé aux mains de cette diabolique Eva Darling et de sa bande ?

« Je vais aller prévenir les cow-boys et me mettre à leur tête...

« Il faut retrouver Justin... le secourir...

Bessie se mit en devoir de descendre de son arbre.

La chose n'était pas très aisée : le tronc de l'eucalyptus étant très gros, elle avait du mal à l'étreindre.

Néanmoins, sa vigueur peu commune aidant, Bessie descendait sans trop s'écorcher les genoux et les mains.

Elle poussa un soupir de soulagement.

Elle n'était plus qu'à deux mètres du sol...

Une contraction brusque de son visage, un cri étouffé.

Bessie était devenue très pâle.

Autour de sa cheville gauche, comme une solide pince venaient de s'incruster des doigts osseux.

Eperdue, elle fit un mouvement pour remonter.

Mais son pied droit était pris, immobilisé.

Quelqu'un la tenait par les pieds.

Un éclat de rire strident se fit entendre.

Retournant la tête, Bessie vit Doods au-dessous d'elle.

Le bandit triomphait.

Il tenait Bessie en son pouvoir.

Allait-il donc s'emparer du fameux diamant bleu ?

CHAPITRE XIX

LES FEMMES ONT DES OREILLES

Tirée par les pieds, Bessie Watson se cramponnait au tronc d'arbre, mais ses mains glissaient sur l'écorce lisse, et il lui était impossible de remonter...

Lentement, mais sûrement, Doods l'attirait vers le sol...

Bessie dut lâcher prise.

Elle tomba devant le bandit qui, l'étreignant dans ses bras musculeux, lui dit brutalement :

— Allons ! pas de manières, et donnez-moi tout de suite le diamant bleu.

« Inutile de nier, je sais qu'il est en votre possession...

« Voilà assez longtemps que vous glissez entre nos doigts comme une anguille pour que cette fois-ci je ne vous lâche pas.

« Je ne vous conseille d'ailleurs pas d'essayer de fuir, car vous n'auriez pas fait deux mètres que je vous abattrais d'un coup de revolver.

« Allons, Bessie Watson, soyez belle joueuse, vous avez perdu cette partie... payez.

« Toute résistance est inutile, vous êtes en mon pouvoir et rien ne peut vous tirer de mes mains...

— Croyez-vous ? dit une voix railleuse...

Et Garret — car c'était lui, qui, lassé d'une vaine poursuite, rentrait à Blakeley — Garret, disons-nous, sautant de son cheval se rua vers Doods, qui dut lâcher la jeune fille...

Il n'eut pas la ressource de prendre son revolver, car il avait tiré toutes ses balles dans la maison...

Le poing du détective venait de l'atteindre en pleine poitrine, et sous ce rude coup le bandit chancela, mais, se remettant aussitôt, évitant un second coup, il ceintura Garret...

Les deux hommes, déployant alors une égale vigueur, se mirent à lutter avec acharnement, mais Bessie se mit à crier, espérant être entendue par les cow-boys...

Ses cris eurent un résultat imprévu...

Ils firent sortir de son abri le Mexicain qui, voyant son chef aux prises avec Garret, n'hésita pas à venir se mêler au combat.

Abandonnant la garde des chevaux, il accourut la navaja à la main...

Les cris de Bessie redoublèrent, elle se jeta devant l'agresseur dont le couteau allait donner la victoire à Doods qui avait le dessous dans sa lutte contre Garret...

L'arme homicide du Mexicain fut détournée, mais Bessie allait être victime de sa courageuse intervention, car le Mexicain furieux se disposait à tourner contre elle sa fureur, lorsque surgirent de toutes parts des cow-boys...

— Alerte ! cria le Mexicain...

Abandonnant son couteau, il donna un croc-en-jambe au détective qui lâcha Doods, lequel bondissant derrière le Mexicain s'élança vers les chevaux...

Il était temps.

A peine les deux coquins étaient-ils en selle que les cow-boys arrivaient pour les saisir...

Trop tard... Doods et le Mexicain fuyaient à travers la plaine.

Les poursuivre, monter à cheval... il n'y fallait pas songer...

Garret grommela :

— Ce sera pour plus tard... Un jour viendra où je mettrai la main au collet de ces dangereux individus... Rentrons, ma chère Bessie... vous êtes toute pâle...

Enjoignant aux cow-boys de redoubler de vigilance, Garret entra avec Bessie dans la maison, dont les serviteurs, rassurés en entendant la voix de leur maître, avaient déjà débarrassé la porte des barricades élevées à la hâte.

Ils entendirent les appels de Lola prisonnière, s'empressèrent de la délivrer...

Et tous trois se réfugiant dans la chambre de Bessie, la jeune fille raconta à Garret ce qui s'était passé après son départ, sa malencontreuse poursuite de Doods... et pour conclure, elle dit :

— Lola, comme vous le voyez, avait habilement réussi à dissimuler ce diamant bleu qu'il va falloir mettre en sûreté à présent, comme les diamants de la robe... Une fois que Dugan et ses affiliés sauront que le diamant bleu n'est plus en notre possession, ils nous laisseront tranquilles...

— Oui, mais c'est moi qui ne vais pas les laisser tranquilles, car il est temps d'en finir avec ces gens-là...

Un bruit étrange le fit s'interrompre.

Il alla à la fenêtre, se pencha

— J'avais cru entendre marcher...

— Quelque cow-boy, sans doute !

— Non, dit Garret, ils sont rentrés chez eux... et ils vont organiser la surveillance autour du ranch... Mais que tenez-vous là, Bessie ?

Bessie lui tendit le petit papier qu'elle avait caché dans son corsage avec le diamant bleu.

— C'est le papier mystérieux qui accompagnait cette fameuse bague que l'Aigle, comme je vous l'ai dit, est venu me reprendre... A présent, ce papier est inutile...

— Qui sait ? fit Garret rêveur.

Et il lut à haute voix, comme pour bien s'imprégner du sens de la phrase :

« Si vous savez en faire usage, cette « bague de jade peut vous procurer « une immense fortune. Ne vous en « séparez sous aucun prétexte... »

— L'Aigle a la bague, dit tranquillement le détective, rien n'est donc perdu, puisque nous savons où la reprendre... Tout de même, je ne serais pas fâché d'avoir l'explication de ce mystère et si quelqu'un pouvait nous en dire le secret...

— Moi ! dit Lola s'avançant...

— Vous ? questionna Garret.

— Ah ! je savais bien, moi, que Lola savait tout ! triompha Bessie...

« Elle avait beau s'en défendre.

— Je me suis tue, dit Lola, tant que j'ai espéré avoir cette bague qui me donnerait le cœur d'Ali-Pendjed... Mais la bague a disparu... l'Aigle ne la rendra plus... et moi, je n'épouserai pas celui que j'aime... Je puis donc parler, puisque mon espoir est mort, puisque vous n'avez plus ce talisman convoité par Ali-Pendjed qui aurait fait de vous sa femme...

Elle se recueillit un instant.

Intriguée, Bessie et Garret respectaient son silence...

Le jour était à son déclin, l'ombre tombait déjà des monts et, au dehors, les formes se faisaient confuses...

Le feuillage de l'eucalyptus s'agita imperceptiblement...

Deux yeux étincelèrent...

La tête de Dugan doucement se montra...

Il essayait de comprendre le motif de ce silence subit dans la chambre de Bessie qu'une demi-obscurité envahissait.

Comment Dugan était-il là ?

Tout simplement parce que, sur les instances de Rosa Brock, il était revenu sur ses pas pour tenter, à la faveur de la nuit, un nouvel assaut contre Blakeley...

Comme il approchait du ranch avec sa troupe, Doods et le Mexicain étaient venus se jeter au milieu des bandits.

Renseigné, Dugan avait donné l'ordre à tous de l'attendre, cachés au fond d'un ravin, et, seul, il s'était risqué aux abords de la maison dès qu'il avait vu s'éloigner le dernier cow-boy.

Se hisser sans bruit sur l'eucalyptus fut pour lui l'affaire d'un instant et, tapi dans l'ombre, il avait pu entendre le récit de Bessie, ainsi que les réflexions de Garret.

Et il s'intéressait surtout à cette histoire de la bague volée par l'Aigle, flairant une opération fructueuse pour sa bande...

Lola cependant, dominant son émotion, parlait.

— La bague qui vous a été volée, miss Bessie, devait être présentée par vous, en même temps qu'une bague semblable appartenant à l'Aigle, à l'exécuteur testamentaire de M. Michael Murphy, le frère de votre mère.

— Mon oncle !

— Votre oncle lègue aux deux porteurs de ces bagues son immense fortune qui lui vient du rajah de Mysore à qui il sauva la vie dans l'Inde.

— Mais, demanda Garret, pourquoi faut-il présenter deux bagues ?

— Parce que l'oncle de miss Bessie, redevable de la vie à l'Aigle qu'il connaissait depuis plusieurs années, voulait que l'Aigle eût part à son héritage et, pour cela, il lui avait remis une des bagues tandis qu'il en faisait envoyer une autre à miss Watson. Les deux bagues réunies par le mariage de miss Bessie et de l'Aigle devaient être présentées par eux deux au docteur Hamilton, exécuteur testamentaire.

« Mais la bague de l'Aigle avait été volée par Ali-Pendjed, fils naturel du rajah et déshérité par lui.

« Or, Ali ayant une bague, s'il épousait miss Bessie, réunissait les deux bagues et c'est lui qui héritait de l'immense fortune...

— Je comprends ! dit Garret.

« L'Aigle, n'ayant plus sa bague, avait voulu prendre la vôtre, Bessie, pour déjouer les projets d'Ali-Pendjed.

« Mais, puisqu'il avait repris à l'Hindou sa bague, rappelez-vous, le premier jour où il vous prit la vôtre, il n'avait plus besoin de vous voler une seconde fois... Cela lui fait deux bagues à présent...

— Il faut présenter les deux bagues pour hériter, expliqua Lola.

« Si vous aviez épousé l'Aigle, miss Bessie, il vous aurait laissé votre bague... Ali-Pendjed aussi aurait agi de même lorsqu'il possédait une bague ; mais à défaut de mariage, l'un ou l'autre ne pouvait entrer en possession de l'héritage qu'en apportant les deux bagues de jade...

— Comment savez-vous tout cela, Lola ? demanda Garret.

Lola baissa la tête.

— J'aimais Ali-Pendjed... Pour lui rendre service, j'entrai comme servante chez M. Michael Murphy lorsqu'il vint habiter Virgin Island, quelques mois avant sa mort...

« Quand le vieillard fut sur le point de mourir, il fit appeler l'Aigle et lui dit :

« — Cette bague représente une fortune... Une bague pareille a été envoyée par mes soins à ma nièce Bessie Watson dont j'ai enfin retrouvé les traces après de longues recherches... J'aurais voulu la revoir... mais je n'ai connu son adresse que ces jours-ci... Je vais mourir... Epousez Bessie Watson...

« Cachée derrière une tenture, j'entendis tout...

« Michael Murphy mort, je prévins Ali-Pendjed qui était à Virgin Island depuis une semaine et avait tenté d'apitoyer M. Murphy sur son sort, réclamant une partie de la fortune du rajah...

« L'Aigle avait défendu votre oncle, miss Bessie, chassé Ali-Pendjed et moi-même ; j'étais furieuse contre l'Aigle...

« Aussi je n'hésitai pas à servir Ali-Pendjed et à l'aider à voler la bague de l'Aigle qui, se doutant d'où venait le coup, se mit à la recherche d'Ali, qui était parti pour Dusty Bend où plusieurs de ses compatriotes se trouvaient déjà, trafiquant avec Dugan...

« Il avait l'intention d'attirer miss Bessie dans un piège à Dusty et, lorsqu'il apprit que miss Watson quittait New-York pour Dusty, il attendit les événements.

« Mais l'Aigle connaissait aussi la présence des Hindous à Dusty et il survolait le pays, veillant sur vous, miss, tout en cherchant son ennemi... Ce n'est que par hasard que Dugan a été mêlé à tous ces événements qui ne l'intéressaient pas...

— Grâce à la malle que vous aviez commis l'imprudence d'acheter, Bessie, dit Garret, et dont le contenu, la robe aux cent mille dollars, le diamant bleu, avait lancé sur vos trousses ces misérables.

— Eh bien ! mon cher Justin, ne vous semble-t-il pas que je doive aller à Virgin Island mettre au courant de tout ce qui s'est passé le docteur Hamilton, l'exécuteur testamentaire ?...

— J'allais vous le proposer, ma chérie...

« Notre départ aura du reste un bon résultat...

« Dugan et Rosa Brock, nous croyant définitivement absents, en profiteront pour reprendre leurs exploits, et, dès notre retour, j'aurai toute facilité pour prendre ces coquins en flagrant délit.

La conversation continua sur ce sujet.

Mais Dugan n'écouta pas la suite.

Il en savait assez.

La nuit était venue et il put quitter sans danger son poste d'observation, et aller rejoindre ses affiliés qu'il mit au courant des intéressantes choses qu'il venait d'apprendre.

— Hurrah ! cria Rosa Brock, nous tenons notre revanche...

« A nous l'héritage du rajah...

— Comment cela ?

— L'Aigle a les deux bagues... Nous nous emparons de l'Aigle et de ses bagues... Nous allons à Virgin Island où l'Aigle, que nous surveillons de près, me conduit chez l'exécuteur testamentaire et me fait passer pour Bessie Watson...

« Je crois en vérité que ce sera un curieux spectacle que celui de l'Aigle me faisant passer pour sa femme sous la menace des revolvers qu'il sentira braqués sur lui.

— Croyez-vous vraiment, questionna Dugan, que même sous la menace nous parviendrons à faire jouer ce rôle à un homme qui comme l'Aigle a témoigné à maintes reprises d'un réel courage ?

— Non seulement j'en suis persuadée, mais j'en réponds, affirma Rosa Brock, car j'ai des arguments auxquels personne ne résiste !

Tous les bandits approuvèrent aussitôt ce projet et Dugan, souriant, dit à Rosa Brock :

— Vous avez raison, Eva Darling...

nous tenons notre revanche... Nous volons les millions de Bessie et après... si elle nous gêne...

— Après... je m'en charge... dit Eva Darling...

CHAPITRE XX

UN AIGLE A QUI ON A COUPÉ LES AILES

Quinze jours après, le steamer *Président-Lincoln* abordait à Virgin Island, transportant entre autres un curieux groupe de voyageurs qui, pendant la traversée, s'étaient manifesté l'amitié la plus touchante. Ils ne pouvaient se quitter un instant et échangeaient entre eux les propos les plus cordiaux.

Un des membres de cette réunion de passagers était l'objet de la part de tous d'une attention et d'une sollicitude particulières, dues sans doute à la profonde mélancolie à laquelle il paraissait en proie, et pourtant il avait toujours près de lui une délicieuse créature l'appelant des noms les plus tendres, ce qui paraissait assez naturel aux étrangers, puisque la femme, dès qu'approchait quelqu'un, ne manquait pas de s'écrier : « Mon cher mari... mon mari adoré... mon petit mari chéri... » et autres tendres qualificatifs par lesquels s'avère l'amour conjugal.

Or, le cher petit mari en question avait toutes les raisons du monde d'être triste, car c'était l'Aigle privé de son avion... l'Aigle à qui on avait rogné les ailes et qui ne pouvait plus s'élancer hardiment dans l'espace pour fondre sur ses ennemis et secourir ses amis.

Et la femme qui l'appelait son mari, c'était Eva Darling, Eva qu'accompagnaient les soi-disant amis des jeunes mariés : Dugan, Doods et une dizaine de chenapans choisis parmi les plus déterminés bandits du Double-Cercle.

L'Aigle avait été capturé le lendemain de la visite des partisans de Dugan à Blakeley.

Surpris au moment où il allait monter en avion, cerné par les bandits qui déchargeaient sur lui leurs revolvers, l'Aigle blessé légèrement avait dû se rendre, voyant avec douleur tomber à ses côtés, pour ne plus se relever, son fidèle Dick Sleater...

L'avion brûlé sous ses yeux, l'Aigle avait été emmené prisonnier, avait chevauché quarante-huit heures, les yeux bandés, attaché à un cheval. Ensuite, il était resté les fers aux pieds et aux mains, il ne savait combien de temps, au fond d'un cachot, sans lumière et sans air ; puis finalement il avait comparu devant Eva Darling, Dugan et Doods, érigés en tribunal suprême, et gardés par leurs complices...

Auparavant, dès que l'Aigle avait été capturé, on avait opéré la reprise des deux bagues de jade, dont Rosa Brock s'était parée ; et ceci n'avait pas été le coup le moins sensible au malheureux aviateur, qui s'était reproché amèrement d'avoir pris à Bessie sa bague, geste peu élégant qui lui interdisait désormais toutes relations avec Bessie et Garret.

S'il était resté leur ami, s'il avait laissé sa bague à Bessie, le détective et elle auraient continué à le voir, et, surpris de son absence, se seraient mis à sa recherche.

A présent, cet espoir lui était interdit.

Bessie avait dû se marier, oublier la bague, et si elle avait parfois pensé à son ex-sauveur, c'était sans doute pour le mépriser.

L'Aigle était donc très déprimé lorsqu'il parut devant ses juges.

Il perdait Bessie et les bagues, l'amour et la fortune.

Son pilote était mort, ses avions tous détruits sans doute, et son argent volé...

Il n'avait plus aucune ressource...

La vie lui parut désormais si méprisable, si peu intéressante qu'il songea au suicide...

Devant le sinistre trio, il ne s'émut pas, écouta à peine les reproches violents qu'on lui adressait, sourit, dédaigneux, aux menaces des bandits, mais son attention s'éveilla aux paroles suivantes prononcées par Eva Darling :

— Nous vous ferons grâce de la vie à une condition, c'est que vous m'aiderez à entrer en possession de la fortune du rajah... Ne vous étonnez pas, nous sommes au courant de tout et des conditions imposées par Michael Murphy...

— Comment pourrais-je vous y aider ? Vous avez les bagues.

— Oui, mais je ne suis pas Bessie Watson et je ne suis pas votre femme.

— Qu'y puis-je ?

— Beaucoup... Nous avons profité de votre captivité pour fabriquer quelques papiers intéressants parmi lesquels un acte de mariage entre l'Aigle et Bessie Watson... Votre vrai nom est mal écrit à dessein... La pièce est cependant officielle... Le juge de paix a signé, vous aussi... Bessie Watson également et nous avons, par surcroît, des attestations de témoins dignes de foi : Doods, Dugan, etc... Vous êtes donc mon mari.

— Plaît-il ?...

— Mais oui, puisque je suis Bessie Watson... et que vous m'avez épousée.

« Oh ! rassurez-vous, je vous rendrai votre liberté dès que l'héritage sera touché et je vous laisserai même une somme respectable pour prix de vos services et pour vous indemniser de vos machines volantes...

L'Aigle, d'abord stupéfait et prêt à repousser avec indignation ces affaires infâmes, avait ensuite réfléchi...

Rien n'était perdu peut-être...

Il entrevoyait même un moyen...

Dugan interrompit ses réflexions.

— Je sais à quoi vous pensez, fit-il brutalement... Vous allez feindre de céder, et au dernier moment vous mangerez le morceau, mais je dois vous prévenir que nous serons près de vous, le revolver dans notre poche, et que, si vous sortez un seul instant du rôle que nous vous avons tracé, nous vous abattrons comme un chien...

— Oui, dit Eva Darling avec un sourire des plus séduisants, ces gentlemen feront ce qu'ils disent, et moi aussi j'aurai mon revolver, mon cher mari... et je ne vous manquerai pas...

L'Aigle haussa les épaules.

— Les menaces sont inutiles... Je songeais à me tuer lorsqu'on est venu me chercher... c'est vous dire que la mort ne m'effraie guère.

« Je souhaitais la mort, parce que ruiné par vous... et dégoûté de la vie...

« Mais si vous me promettez une moitié de la fortune.

— Une moitié ! se récria Eva...

— Vous êtes fou ! sursauta Dugan indigné... une moitié de ces millions qui sont à nous...

— S'ils sont à vous, dit l'Aigle froidement, tuez-moi et prenez-les.

« Si vous avez besoin de moi, et vous en avez un besoin absolu, il est assez naturel que je fasse payer cher l'énorme service que je vous rends.

« C'est à prendre ou à laisser...

« La moitié des millions pour ma part.

« C'est mon dernier mot...

Film Pathé.

Après tant de péripéties, Justin Garret et sa vaillante collaboratrice goûtèrent enfin un bonheur bien mérité, et c'est à Dusty Bend que leurs noces furent célébrées.

Il se croisa les bras.

Les bandits mécontents se regardaient...

Doods murmura :

— Il a raison... Il nous tient... on ne peut pas se passer de lui...

— Un quart serait suffisant, grogna Dugan...

Élevant la voix, Eva Darling protesta :

— C'est beaucoup trop... En somme, on lui laisse la vie...

— A laquelle je ne tiens pas, miss, je vous l'ai dit, répliqua l'Aigle qui ajouta ironiquement :

« Le mari de miss Bessie Watson ne peut pas toucher moins que sa chère femme... C'est le testament, cela... Et ce testament fait mention de l'Aigle, qu'on connaît... Ce n'est pas comme miss Bessie qu'on peut remplacer par n'importe qui... Mais moi, on ne peut me remplacer...

« Ah ! j'avoue que c'est assez ennuyeux de ne pouvoir se passer de moi et d'être obligé de me verser une partie d'un argent d'ailleurs volé ! Mais que voulez-vous, il faut savoir semer pour récolter !

« J'espère même que vous tous qui avez beaucoup semé sur cette terre vous n'attendrez pas d'être appelés en un autre monde pour récolter.

« Et vous pouvez être assurés que si mon concours vous est également utile en cette circonstance, il vous est tout acquis d'avance.

« Allons, acceptez mes conditions, puisque vous ne pouvez vous passer de moi !...

C'était tellement logique que Dugan, Doods et les autres se rallièrent tout aussitôt à l'opinion de l'Aigle, malgré l'opposition d'Eva Darling...

Elle dut cependant s'incliner devant la volonté générale.

— Eh bien ! soit, partons...

— Il faudra me rendre une des bagues, ma chère femme, dit l'Aigle ironique.

— Je vous la remettrai seulement au moment d'entrer dans le bureau du docteur Hamilton, dit Eva agressive... Je n'ai aucune confiance en vous...

— Ni moi en vous... Aussi trouverez-vous bon lorsque le partage des biens se fera que je laisse ma part dans les banques ou chez le docteur tandis que vous emporterez vos millions... Puisque nous devons nous séparer après cette cérémonie... nous séparerons l'argent d'abord...

Eva Darling rougit, Dugan éclata de rire.

— Bien joué, l'Aigle... Vous êtes un garçon intelligent... Vous avez compris que vous n'iriez pas loin si vous sortiez de chez l'exécuteur testamentaire avec ces millions sur vous...

— Je n'ai besoin ni de vos confidences ni de vos aveux pour savoir ce que vous pensez.

« Il faudrait que j'eusse un cerveau en bien mauvais état pour être dupe de vos promesses.

« Aussi est-il inutile d'essayer de me rouler, car je vous préviens que, dussé-je y perdre la vie, je ferai rater votre combinaison jusqu'à la dernière minute, si j'entrevoyais que vous pouvez ne pas tenir ce que vous m'avez promis.

Doods intervint

— On n'a perdu que trop de temps à fabriquer ces pièces officielles, dit-il. N'oublions pas que le détective et sa Bessie ont l'intention d'aller à Virgin Island... Il s'agit de les gagner de vitesse...

— Les places sont retenues sur le *Président-Lincoln*, dit Dugan.

« J'étais certain que l'Aigle dirait oui... Tout est prêt. Nous pouvons partir dans une heure et nous rendre au steamer...

Il fut fait ainsi.

L'espoir vague que nourrissait l'Aigle d'échapper à ses nouveaux amis s'envola peu à peu... Il se vit à la merci de ces bandits et comprit que toute tentative serait vaine...

La mort dans l'âme, il se résigna, contraint de jouer le rôle qu'il avait accepté, mais gardant dans le cœur une haine terrible contre la perfide Eva Darling dont les caresses l'exaspéraient.

A peine débarqués, Dugan et sa bande, renseignés par un passant obligeant, se dirigèrent vers la maison habitée par le docteur Hamilton.

Ils franchirent le seuil après qu'Eva Darling eut dit à mi-voix à l'Aigle :

— N'oubliez pas que vous êtes mon mari... Un seul mot pour faire échouer la combinaison et vous êtes mort...

Pour appuyer l'affirmation d'Eva, Doods et Dugan, qui encadraient l'Aigle, lui montrèrent le revolver que chacun d'eux tenait caché dans sa poche.

Les autres bandits sur un signe de Dugan restèrent dans le vestibule, tandis qu'un domestique allait annoncer au docteur la visite de l'Aigle, de miss Watson et de deux de leurs amis.

Ils furent introduits aussitôt dans le vaste cabinet de travail du docteur Hamilton.

C'était un grand vieillard aux cheveux gris, à la physionomie avenante, qui courut tout de suite vers l'Aigle, lui serra la main avec effusion et salua Eva Darling que, de très bonne foi, il prit pour Bessie Watson.

Et tout de suite, il demanda :

— Mariés, n'est-ce pas, comme le souhaitait cet excellent Michael Murphy, votre excellent oncle ?...

Eva se dégantant montra à son doigt l'anneau de mariage et la bague de jade...

Le docteur Hamilton adressa ses compliments et ses vœux aux jeunes époux :

— Vous serez heureux, je le vois... Vous êtes jeunes... beaux... vous vous aimez...

— Oh ! oui, dit Eva, serrant amoureusement le bras de l'Aigle dont les yeux étincelèrent.

— Il ne me reste donc, mes amis, dit gaiement le docteur, qu'à remplir la mission dont j'étais chargé...

« Voici le testament...

Il prit dans un tiroir secret de son bureau une grande feuille enfermée dans une enveloppe cachetée dont il brisa les cachets et lut, non sans émotion :

« Virgin Island, 20 février 1920

« Par la présente lettre, je lègue à
« ma nièce Bessie Watson et au capi-
« taine Robert Roger Smith, plus
« connu sous le nom de l'Aigle, les
« sommes qu'ils trouveront.

2 — DROITE — 60

« Le double de la bague de jade
« portée par l'Aigle servira à identifier
« ma nièce. Je désire, si cela est pos-
« sible, que l'Aigle et Bessie se ma-
« rient...

« Le docteur Hamilton est chargé
« d'exécuter mes volontés. »

Les visages des bandits étaient rayonnants.

Le docteur Hamilton s'inclinant devant Eva Darling lui tendit le testament.

Mais alors, il se passa une chose inattendue.

L'Aigle, qui jusque-là était resté spectateur passif de cette scene, bondit, arracha les papiers des mains du docteur et, passant entre Doods et Dugan stupéfaits, s'élança hors du cabinet de travail avec une telle promptitude que, lorsqu'ils revinrent de leur surprise, l'Aigle était déjà dans le vestibule, bousculant les affiliés, les culbutant, passant comme une trombe, se jetant dans la rue et détalant à toute allure.

Abandonnant le docteur ahuri, Eva, Doods et Dugan s'élancèrent sur les traces de l'Aigle, entraînant leurs hommes, criant et vociférant, fous de rage.

Resté seul avec ses domestiques accourus et attirés par le bruit, le docteur Hamilton s'effondra dans un fauteuil.

C'était un homme qui avait cependant une grande expérience de la vie, mais il ne pouvait pas arriver à comprendre le mobile qui avait poussé l'Aigle à agir de la sorte.

La curiosité aidant, il se leva, s'approcha d'une fenêtre donnant sur la rue et il aperçut, courant comme des dératés, une bande d'individus qui disparut bientôt de sa vue.

— Le diable m'emporte ! dit-il, si tous ces gens ne sont pas fous, mais j'aurai le fin mot de cette énigme avant longtemps !...

CHAPITRE XXI

RENCONTRE IMPRÉVUE

Or, quelques minutes après qu'étaient débarqués les aventuriers du *Président-Lincoln*, le bateau *Arizona* entrait dans le port et en sortaient : Garret, Bessie et Lola.

Cette dernière était fort triste, car durant la traversée les passagers avaient appris de la bouche du capitaine que trois semaines auparavant avait sombré non loin de Virgin Island un yacht étranger dont tous les matelots et les passagers étaient Hindous...

Ali-Pendjed ne devait plus désormais chercher à s'emparer de la bague de jade.

L'héritier dépossédé du rajah de Mysore avait trouvé la mort dans les flots après sa coupable tentative pour s'emparer de miss Watson...

Lola désolée, consolée par Bessie, s'attacha plus que jamais à la jeune fille et à Garret... Avec eux, elle pouvait du moins quelquefois parler d'Ali-Pendjed, victime de la malédiction paternelle...

Triste, mais résignée, avec ce fatalisme particulier à ceux de sa race, Lola suivait, à travers les rues, Garret et Bessie qui s'informaient de la demeure du docteur Hamilton...

Soudain Bessie jeta un cri de surprise.

Les coudes collés au corps, les cheveux au vent, comme un coureur qui craint de manquer le but, hors d'haleine, l'Aigle arrivait.

Garret se jeta vivement devant lui.

Mais l'Aigle s'arrêtait, souriant.

— Miss Bessie, dit-il en lui remettant le testament, prenez vite ce document... cachez-le... ne le perdez pas...

Il ne put donner d'autre explication.

Avec des hurlements de joie, débouchaient au coin de la rue les bandits excités par les cris d'Eva Darling...

— Dugan ! s'écria Garret...

Il s'élança au-devant du bandit...

Mais ce mouvement le sépara de Bessie et de l'Aigle.

L'Aigle avait repris sa course... Bessie bousculée s'était jetée dans la maison voisine dont la porte était ouverte.

Mais les aventuriers ne s'occupaient pas d'elle.

C'est l'Aigle qu'ils voulaient et qu'ils

poursuivaient de plus belle, pourchassés à leur tour par Garret que la troupe en passant avait bousculé... Et derrière l'Aigle courait Lola qui avait cru voir sa maîtresse entraînée au milieu de la bande...

Bessie, son premier émoi passé, voulut sortir de la maison où si imprudemment elle s'était réfugiée.

Mais elle fut aussitôt entraînée en arrière par des gens qui brusquement surgirent par des portes donnant dans le sombre couloir où s'était aventurée la jeune fille...

Saisie brutalement, emmenée dans une vaste salle emplie d'aventuriers de toutes sortes, bouge redoutable toléré par la police qui venait chercher là les malfaiteurs dont elle avait besoin, Bessie épouvantée se vit au milieu d'un cercle d'individus aux faces bestiales, dangereux bandits qui la regardaient avec des yeux brillants de convoitise et de désir.

Bessie, la première stupeur passée, retrouva son énergie, s'arracha de l'étreinte d'un chenapan, en bouscula un autre, frappa un troisième au visage et profitant du désarroi courut vers une porte, traversa en courant un couloir, mais se heurta à trois bandits qui arrivaient et qui, sans plus de discussions, la poussèrent brutalement dans une chambre, tandis que, derrière la porte fermée à clef, hurlaient les autres clients du bouge qui réclamaient avec fureur la jolie miss.

Un des agresseurs de Bessie avait trouvé le testament, et curieusement le lisait en en donnant connaissance aux deux autres.

Tous ces incidents avaient duré un certain temps.

Ce temps, l'Aigle l'avait mis à profit.

Distançant ceux qui le poursuivaient, par une manœuvre habile, il les avait attirés sans qu'ils s'en aperçussent vers l'endroit d'où ils étaient partis, c'est-à-dire vers la maison du docteur Hamilton. Celui-ci, interloqué par l'incompréhensible scène qui avait eu lieu chez lui, se tenait sur le seuil de sa villa, s'attendant à voir reparaître cet étrange couple qui n'avait pas écouté la fin de ses explications.

Il vit arriver l'Aigle qui, de loin, lui cria :

— Faites fermer la porte derrière moi...

L'Aigle, courant, franchit d'un bond la solide porte de chêne que, derrière lui, poussèrent et verrouillèrent Hamilton et deux domestiques.

Il était temps.

La bande arrivait et s'arrêtait interdite devant la porte close.

Il ne fallait pas songer à prendre d'assaut la villa.

Le docteur Hamilton était un personnage considérable qui saurait faire payer cher à ses envahisseurs la violation de son domicile.

De plus, déjà de toutes les villas voisines les gens sortaient vaguement inquiets et s'armaient...

Dugan furieux hurla :

— Il faut ameuter les indigènes contre eux... Venez, je sais comment m'y prendre...

Il entraîna les bandits qui se replièrent en bon ordre, jetant des regards farouches aux curieux qui dévisageaient avec colère ces nouveaux venus.

Rapidement l'Aigle avait mis Hamilton au courant :

— Cette femme à qui vous alliez remettre le testament de Murphy n'est qu'une dangereuse aventurière... Je vous expliquerai plus tard pourquoi j'étais obligé de la laisser se présenter sous le nom de Bessie Watson.

« Auparavant, allons au secours de miss Bessie qui, à la vue des bandits, s'est réfugiée dans un bouge des plus dangereux de la ville...

Le docteur Hamilton, sans hésiter, suivit l'Aigle.

Tous deux sortirent par une petite porte derrière la villa, se rendirent dans la rue où l'Aigle avait remis le testament à miss Bessie.

Ils trouvèrent tout de suite le bouge et allaient courageusement y pénétrer, au péril de leur vie, lorsque à leurs pieds vint justement choir celle qu'ils cherchaient.

Bessie profitant d'un moment d'inattention des trois hommes qui l'avaient séquestrée, tandis qu'ils discutaient sur les moyens d'entrer en possession de cet héritage, s'était glissée lentement vers la fenêtre, l'ouvrait brusquement et se précipitait.

Mais elle avait mal calculé son élan et venait rouler tout étourdie par sa chute devant Hamilton et l'Aigle.

Vivement Hamilton et l'Aigle s'emparaient d'elle et l'emportaient avant que les clients du dangereux établissement aient eu le temps de venir reprendre leur proie.

Installée bientôt chez le docteur, ravi de faire connaissance avec la vraie miss Bessie, la jeune fille pouvait, en quelques mots, mettre les deux hommes au courant de ce qui venait de lui arriver.

Le docteur la félicita d'avoir heureusement échappé à ces brigands qui, malgré tous les procédés qu'ils pouvaient employer, étaient certains de ne jamais toucher un dollar du fameux héritage...

— Du document, ils ne sauraient faire usage, miss, car, d'après la volonté de votre oncle, je ne dois vous remettre sa fortune que lorsque vous serez mariée avec l'Aigle.

L'Aigle à ces mots détourna ses regards de Bessie qui fronça les sourcils...

— Nous parlerons de cela plus tard, dit-elle impétueusement... mais, pour l'instant, il est une chose qui passe avant tout...

« Il faut retrouver Justin Garret... Je crains qu'il ne soit au pouvoir du Double-Cercle...

Un domestique parut.

— Le détective Garret demande à parler à M. le Docteur...

Un triple cri jaillit.

Cris d'étonnement du docteur et de l'Aigle, cri de joie de Bessie.

Justin Garret, après avoir vu l'Aigle entrer dans la maison du docteur, avait brusquement fait demi-tour et, se cachant dans une petite ruelle, il avait attendu.

Devant lui étaient passés Dugan, Doods et leurs affiliés, entourant Eva Darling qui donnait ses ordres :

— Allez réunir vos indigènes, excitez-les... Moi, je vais tâcher de retrouver Bessie Watson... J'ai vu la maison où elle s'est réfugiée...

Garret n'en entendit pas davantage.

Il laissa s'éloigner les bandits et de loin les suivit.

Quand Eva Darling se sépara d'eux, il la fila, la vit entrer dans une maison dominant le bouge où était Bessie, entrer là comme chez elle après avoir dit quelques mots au gardien et donné quelques billets.

Lorsque Eva fut entrée, le détective imita son geste et sut convaincre le plus probe gardien de cette maison dont les maîtres étaient absents...

Il monta à pas de loup, s'introduisit dans la pièce qu'Eva avait oublié de fermer et, s'approchant, vit, par-dessus l'épaule d'Eva, Bessie sauter par la fenêtre, puis recueillie par l'Aigle et Hamilton.

Avec un geste de rage, Eva furieuse abandonna la fenêtre, se retourna.

Garret était devant elle.

— Eva Darling, je ne puis vous arrêter dans ce pays... n'ayant pas l'autorisation du gouverneur... mais je puis toujours vous reprendre la bague de jade que je vois à votre doigt.

Eva voulut prendre son revolver.

Garret ne lui en laissa pas le temps, la saisit au poignet et, malgré sa résistance, lui arracha la bague, après quoi, enlevant à Eva son arme, il sortit tranquillement en lui disant :

— A bientôt, Eva Darling... Le moment est proche où vous paierez votre dette à la société...

Pleurant de rage, la misérable créature s'écroula sur une chaise.

Le détective se dirigea vers la maison du docteur Hamilton.

Introduit, il tendit à Bessie, qui lui sautait au cou, la bague que portait Eva.

— Bessie, j'ai pu rentrer en possession de votre bague... la voici...

« J'espère cette fois-ci qu'elle ne quittera votre doigt que le jour où vous le voudrez, si vous consentez toutefois à vous en défaire.

« Puisse-t-elle vous procurer tout le bonheur que vous méritez.

Bessie radieuse mit la bague à son doigt, regarda d'un air apitoyé l'Aigle qui, tristement, baissait la tête, et présenta alors le détective au docteur Hamilton qui, ayant deviné l'amour de Bessie pour Garret, répondit froidement aux compliments du nouveau venu...

Toute la sympathie du docteur allait à l'Aigle.

— Les bagues sont réunies, dit-il, mais les clauses ne sont pas remplies qui vous permettent d'entrer en possession de l'héritage, miss Bessie...

Elle allait répondre.

Le docteur la prévint.

— Nous allons nous rendre à la maison de votre oncle, M. Michael Murphy... car je crois qu'il se trouve parmi ses papiers un second testament prévoyant le cas où l'Aigle et vous ne seriez pas unis... Mais qui vient là ?...

Poussant le domestique qui refusait de la laisser entrer, parut Lola, que tout le monde avait oubliée dans la rapidité des événements qui venaient de se succéder.

Bessie, toute joyeuse, courut à elle.

— Lola ! nous allions justement vous faire chercher...

Lola répondit :

— Oh ! je ne pouvais pas me perdre... je connais le pays...

Hamilton fronça les sourcils.

Il reconnaissait la jolie Hindoue qui, au service de Murphy, avait soudain disparu en même temps que l'on volait sa bague à l'Aigle.

— Vous ici ?... dit-il. Vous avez osé ?

— Lola est mon amie, dit vivement Bessie, elle m'a rendu de grands services...

« Je comprends, car je sais vos griefs contre elle... mais elle a depuis racheté sa faute...

— Oui, dit Garret, Lola est une brave fille qui nous aime... nous sommes sûrs de son dévouement...

— Soit, dit le docteur, mais pourquoi vient-elle chez moi ?

— Pour vous donner avis, dit simplement Lola, que Dugan et ses hommes accompagnés d'indigènes, de malfaiteurs et de toute la lie de la populace vont prendre d'assaut la maison de M. Murphy où ils savent que beaucoup d'argent est caché, peut-être tout l'héritage du rajah...

— C'est vrai ! dit Hamilton pâlissant.

« Courons vite... En passant, je vais

prévenir la police, faire appel à la force armée... Vite... vite...

Il entraina tout le monde hors de la villa.

Et pour la seconde fois en quelques heures à peine d'intervalle, les voisins du docteur Hamilton assistèrent à un défilé de gens qui leur étaient inconnus.

Mais le plus curieux, c'est que cette fois le docteur Hamilton marchait en tête en brandissant son chapeau.

CHAPITRE XXII

LA MAISON DE MURPHY

En un pays comme Virgin Island, rendez-vous de gens de toutes nationalités, véritable tour de Babel où se confondent toutes les langues, mélange cosmopolite d'Hindous, de Chinois, de Brésiliens, de Portugais, d'Espagnols, de Russes et d'Allemands, dominés cependant par l'élément américain, rien n'est plus facile que de susciter un mouvement de sédition parmi la lie de la population composée des plus dangereux aventuriers de tous les pays.

Ces gens ont peu à perdre et tout à gagner dans une émeute.

Tout d'abord, le pillage les tente et ce n'est que le coup de main terminé qu'ils songent aux risques courus : c'est-à-dire la prison et l'amende.

Parfois, il y a des tués, mais cette considération n'est pas pour arrêter des gens qui comptent pour peu leur vie et pour rien celle des autres.

Dugan et Doods qui avaient fait de nombreux voyages à Virgin Island, terre d'élection pour la contrebande, ne furent pas en peine pour recruter avec la plus grande rapidité, dans quelques bouges qu'ils connaissaient, une vingtaine de sacripants qui entraînèrent avec eux des indigènes, des mendiants et des voleurs, troupe qui augmentait sans cesse à mesure qu'elle se dirigeait vers l'opulente maison de Murphy située au bout de la ville.

Le pillage de la maison de ce richissime défunt avait enflammé toutes les cervelles...

Point n'était besoin de les exciter, comme Dugan le fit remarquer à Eva Darling qui marchait en tête des affiliés du Double-Cercle.

— Je crains, au contraire, dit Eva soucieuse, que nous ne puissions les maîtriser et qu'ils ne gênent nos opérations en mettant la maison à feu et à sac.

Doods répondit :

— Le cas est prévu ! Ceux qui seront trop turbulents recevront un peu de plomb dans la tête... Quand nous en aurons calmé de cette façon une vingtaine, les autres n'insisteront pas... Notez que la plupart ne sont pas armés... Non... nous sommes les maîtres de la situation...

Rassurée, Eva, se plaçant à quelque distance de la maison, assista au premier assaut, c'est-à-dire au bris des portes et des fenêtres à l'aide de grosses pierres, de poutres et de haches...

Les quelques serviteurs qui gardaient la maison n'avaient eu garde de s'opposer aux violences d'une troupe aussi nombreuse, et prudemment s'étaient enfuis ou cachés...

Nulle résistance.

Les assaillants triomphants envahirent la maison.

Eva et ses amis étaient à présent en tête, poussés en avant par la vague humaine qui bientôt se dispersa à travers les pièces de la vaste demeure, volant et brisant tout ce qu'elle trouvait...

Un roulement lointain de tambour

fit dresser l'oreille à Dugan en train de faire l'inventaire d'un riche cabinet de travail où un coffre-fort avait immédiatement attiré son attention.

Il va de soi que cette pièce avait été interdite aux émeutiers par des affiliés qui, revolver au poing, invitaient les camarades à aller voler ailleurs...

— Mais... fit Doods inquiet... c'est la troupe...

— Déjà prévenue, c'est impossible ! murmura Eva... Je parie que c'est ce damné policier...

— Comment l'aurait-il su ?

— Eh ! vous avez stupidement crié votre projet devant la maison d'Hamilton...

— Pardon, dit Dugan un peu confus de sa maladresse, j'ai dit que nous allions soulever la population contre Garret et ses amis, mais je n'ai pas parlé de prendre d'assaut la maison de Murphy.

Eva haussa les épaules.

— Comme c'était malin de deviner que tel était notre but !

« Croyez-vous que le docteur Hamilton et le détective s'y soient trompés un instant...

« Je n'ai plus les bagues d'ailleurs...

— A quoi vous serviraient-elles ?... On sait qui vous êtes à présent... Mais quelle malchance que justement soient débarqués ici le même jour Garret et sa Bessie...

« Ces gens-là finiront par nous porter malheur...

— Cela ne serait pas arrivé, riposta Eva furieuse, si on m'avait écoutée et si on les avait tués quand on les tenait.

— Parfaitement ! approuva Doods.

— Vous êtes stupides tous deux... S'ils étaient morts, ils n'auraient pas échangé entre eux les propos que j'ai surpris et nous aurions ignoré l'existence de cet héritage.

— Qui va nous échapper comme le diamant bleu et les pierres précieuses de la robe... Ah ! il nous coûte cher, ce détective maudit !...

— Silence ! cria Dugan, ce n'est pas le moment de se quereller... écoutez...

La troupe, qui s'était rapprochée de la maison pendant ce dialogue, arrivait maintenant au pas de course...

Un bref roulement... une sommation...

Avec des cris d'effroi tous les émeutiers qui étaient devant la maison s'enfuirent, d'autres sautèrent par les fenêtres pour aller rejoindre leurs camarades, abandonnant leur butin...

— Fermez les portes ! ordonna Dugan d'une voix tonnante

« Nous sommes pris, camarades, il s'agit de défendre notre peau...

Et tandis que ses ordres étaient exécutés, Dugan et quelques affiliés abrités derrière des meubles qu'ils avaient poussés vers les ouvertures ouvraient un feu nourri...

La riposte ne se fit pas attendre.

Mais les soldats, une cinquantaine à peine, étaient dans une position défavorable...

Exposés aux coups des bandits, ils se faisaient blesser sans pouvoir atteindre ceux que protégeaient les murs et le mobilier.

Après une vive fusillade, la troupe dut reculer...

Près de la moitié des soldats étaient déjà blessés...

L'officier tint conseil avec Garret, le docteur Hamilton et l'Aigle.

Bessie et Lola étaient à l'abri derrière un pan de mur d'une vieille maison à proximité du lieu du combat.

— Ecoutez, proposa l'Aigle, vous allez feindre d'attaquer un côté de la maison... celui-ci... tandis que moi, profitant de l'inattention des assiégés, je vais prestement grimper à ce bec de gaz qui est là-bas du côté opposé et essayer de m'accrocher à cette longue corde qui pend du toit dans je ne sais quel but...

« Je suis assez fort en acrobatie pour risquer cet exercice.

« Une fois accroché à la corde, je puis, en me balançant, atteindre le balcon, m'y cramponner et sortir au milieu des assaillants.

« Profitez alors de ce que leur fureur se tournera contre moi pour faire prendre le même chemin à quelques-uns de vos hommes...

« Une fois dans la place, nous viendrons vous ouvrir...

Garret protesta :

— Vous allez vous faire tuer inutilement.

— Oh ! dit l'Aigle d'un sourire mélancolique, je n'aurai pas cette chance, vous verrez...

« A bientôt... Commencez l'attaque...

L'officier donna le signal, exécuta la manœuvre prescrite par l'Aigle.

Ce fut une terrible fusillade qui causa la mort de deux soldats et en mit cinq ou six hors de combat.

L'officier était pâle de rage.

— Ça y est, dit Garret qui se tenait près de lui.

Il lui montra l'Aigle qui, juste à ce moment, lâchait la corde dont il s'était servi, tombait sur le balcon, assommait un des bandits et jetait son corps par-dessus la balustrade...

Les soldats acclamèrent l'aviateur...

Garret, ne voulant pas être en reste avec l'Aigle, tandis que deux soldats renouvelaient la manœuvre de l'aviateur, se faisait faire la courte échelle sous le balcon où l'Aigle tenait tête à six émeutiers...

Le détective, inaperçu des combattants, parvenait à saisir le rebord étroit du balcon de pierre, se cramponnait et par un superbe rétablissement se haussait jusqu'aux bandits et saisissant à la gorge un misérable qui, le couteau levé, allait frapper l'Aigle par derrière, il l'étranglait à demi, le jetait par la fenêtre et s'emparant de son revolver il abattait les adversaires de l'Aigle...

Deux soldats tombèrent à pieds joints près de lui, d'autres escaladèrent le balcon, privé de défenseurs.

— Sauve qui peut ! cria un affilié.

Et, dans son affolement, il s'en fut ouvrir la porte principale.

C'était la défaite.

Pris entre ceux qui envahissaient l'hôtel à leur tour et ceux que conduisaient Garret et l'Aigle, les bandits durent se rendre...

Ils le firent d'autant plus volontiers qu'une seconde troupe arrivait, escortée de policemen à cheval.

La résistance n'eût abouti qu'à un massacre.

Ils jetèrent à terre leurs armes et, sur l'ordre qui leur fut donné, sortirent un à un, allèrent tendre leurs mains aux policiers qui prestement leur passèrent les menottes...

Bessie était près de la porte quand Doods passa, écumant de rage...

Il eut un geste terrible à la vue de Bessie qui lui fit :

— Doods, l'heure de l'expiation est arrivée... N'attendez de nous aucune pitié, car vous avez été le plus cruel et le plus intraitable de nos ennemis... Et, si je suis vivante... ce n'est pas de votre faute...

— Ni de la mienne... lança Eva Darling qui passait entre deux soldats, le visage convulsé par la colère, livide, les yeux fous...

Le dernier prisonnier emmené, Bessie, suivie de Lola et accompagnée également par le docteur Hamilton et l'officier, pénétra dans l'hôtel où attendaient l'Aigle et Garret.

— Mais, fit la jeune fille surprise, vous n'avez donc pas fait Dugan prisonnier?...

— Il a dû se rendre avec les autres...

— Non... je ne l'ai pas vu passer...

L'officier déclara :

— Il a dû profiter du désarroi général pour s'échapper... mais rassurez-vous, miss... il n'ira pas loin... il ira bientôt rejoindre ses dignes amis...

Puis s'excusant, emmenant les quelques soldats qui avaient rejoint l'Aigle et Garret, l'officier alla veiller au transport des blessés et des morts...

— Ouf ! dit le docteur Hamilton se jetant dans un fauteuil, nous sommes enfin débarrassés de toute cette canaille...

« Asseyez-vous, mes amis...

« Ah ! je ne me doutais pas qu'un jour je serais obligé d'employer la troupe pour rentrer chez mon vieil ami Murphy...

« Quel désordre !... c'est abominable... Ils ont tout cassé, arraché les tentures, lacéré les tapis, brisé les statues, les vitres... quels sauvages !...

« Mais il ne s'agit pas de tout cela...

« Voyons, ma chère enfant, il faut terminer au plus tôt cette histoire d'héritage...

« Etes-vous décidée, miss Bessie, à vous marier avec l'Aigle ?

A cette question, Bessie rougit, regarda alternativement Justin Garret, qui détournait la tête pour ne pas influencer Bessie, et l'Aigle qui, non moins troublé que son rival, tenait ses yeux rivés sur le parquet.

— Mon cher docteur, répondit Bessie d'une voix qui tremblait un peu, j'ai le regret de ne pouvoir accepter cet héritage...

— Comment cela ?

— Quelque sympathie que j'éprouve pour l'Aigle, dont la générosité et le dévouement sont au-dessus de tout éloge, je ne puis être sa femme, car depuis longtemps je suis fiancée à Justin Garret et...

— Miss Bessie, dit vivement l'Aigle, je n'ai point l'intention de faire violence à vos sentiments...

« J'aimais beaucoup votre oncle, M. Murphy, qui voulait bien me traiter, non en ami, mais en fils, et je suis sûr qu'il m'approuverait s'il me voyait abandonner ma bague de jade au fiancé choisi par miss Bessie...

Ce disant, avec une générosité qui provoqua l'admiration de tous, l'Aigle tendit sa bague à Garret en lui disant :

— Voici la bague qui doit vous donner le bonheur que vous méritez...

« En l'acceptant comme je vous l'offre, c'est-à-dire simplement et sans arrière-pensée, vous comblerez mon vœu le plus cher.

« Pardonnez-moi tous les deux si je n'ai pas toujours su m'y prendre pour traduire mes sentiments affectueux à l'adresse de miss Bessie et oubliez les erreurs que j'ai pu commettre, poussé par le démon de la jalousie.

« Aujourd'hui, ce sentiment est mort en moi.

« Le seul qui subsiste, c'est une profonde et sincère amitié sans égoïsme, puisque je vous souhaite d'être heureux.

Trop ému pour parler, profondément touché de la noblesse du geste et de l'amitié de l'Aigle, le détective lui serra la main sans mot dire.

Il ne trouvait pas de mots pour exprimer son admiration et sa reconnaissance, mais dans ses yeux brillaient de grosses larmes.

Bessie, avec la spontanéité de son caractère, traduisit les sentiments qu'elle éprouvait en se jetant au cou de l'Aigle...

— Vous serez toujours notre ami, notre frère, voulez-vous ?... Je serais si heureuse !...

L'Aigle souriant, maîtrisant son émotion, répondit :

— J'accepte, miss Bessie...

Le docteur Hamilton, pour cacher son émotion, se mouchait avec fracas.

— Hein ! hein ! fit-il... Je ne sais pas ce que j'ai dans l'œil... C'est ce vilain rhume sans doute qui me fait pleurer... Hein !... c'est très bien... très bien...

« Vraiment, je suis heureux... tout à fait... L'Aigle, mon ami, voulez-vous me faire l'honneur de me serrer la main ?... Vous êtes un garçon... hem ! je n'hésite pas à le dire, tout à fait remarquable, n'est-ce pas, Mr. Garret ?...

— Oui, approuva le détective, un noble cœur... et je suis fier que l'Aigle veuille bien nous conserver son amitié...

« Je ne le remercie pas longuement et avec des mots ronflants, car la sincérité se passe de ces vaines manifestations, mais je puis lui affirmer qu'il nous trouvera toujours prêts à répondre à son appel s'il jugeait un jour à propos de le faire.

Les deux hommes serrèrent avec effusion les deux mains que leur tendait le docteur qui, s'arrachant à cette cordiale étreinte, se livra à une manifestation affectueuse plus agréable...

Il ouvrit ses bras à Bessie, la serra contre sa poitrine et, l'embrassant tendrement, lui dit :

— Tout peut s'arranger, ma chère enfant, car, en réalité, votre mariage avec l'Aigle n'était pas une obligation formelle, mais un simple souhait de votre oncle...

Et, comme preuve de ce qu'il disait, le docteur Hamilton, allant vers le bureau du défunt, prit au fond d'un tiroir un testament libellé comme celui dont le docteur avait donné connaissance à l'Aigle et à Eva Darling, mais un post-scriptum complétait les dispositions testamentaires de Murphy :

« Dans le cas où ma nièce ne pour-
« rait épouser l'Aigle, je désire qu'elle
« entre en possession de la totalité de
« ma fortune sous la condition que
« mon cher ami l'Aigle soit, par elle,
« généreusement dédommagé. Je me
« fie au cœur de Bessie pour...

— J'ai dit que je considérais l'Aigle comme un frère, interrompit vivement Bessie, et, en cette qualité, nous devons partager fraternellement la fortune de mon oncle...

— Très bien ! approuva Garret.

L'Aigle voulait protester, mais le docteur lui coupa la parole :

— Mon cher ami, miss Bessie réalise la volonté du défunt en agissant comme elle le fait... Vous n'avez qu'à vous incliner... Sur ce, assez de discours, passons aux actes...

— Que signifient les chiffres figurant sur ce document ? demanda alors miss Bessie.

L'Aigle se mit à rire.

— Ah ! oui, 2 — droite — 60... C'est une partie de la combinaison du coffre-fort... Je connais l'autre et je vais vous la montrer.

« Votre oncle avait jugé prudent de prendre le plus de précautions possible pour sauvegarder contre la cupidité des voleurs la fortune enfermée dans ce formidable coffre-fort qu'il est impossible de briser et qui est construit de façon à résister également à l'incendie le plus violent.

En même temps que l'Aigle, Bessie, Garret et Hamilton s'approchèrent du coffre-fort dont l'Aigle commença à faire jouer la combinaison.

Mais, tandis que tous s'intéressaient au mécanisme compliqué de l'énorme armoire d'acier, derrière eux s'entr'ouvrait un grand coffre à bois placé à l'extrémité du cabinet de travail...

Le couvercle soulevé laissa apparaître le haut d'une tête, des yeux perçants qui ardemment examinèrent la scène de l'ouverture du coffre-fort...

Ces yeux étincelèrent de cupidité dès que la massive porte ouverte laissa apercevoir sur les étagères d'acier des amas de liasses de bank-notes, des sacs regorgeant de pièces d'or...

Le couvercle lentement retomba...

Bessie émerveillée demanda :

— Mais combien cela peut-il faire d'argent ?... C'est fabuleux !

— Nous allons pouvoir vérifier, classer les valeurs... Mettons tout sur la table de travail.

Aidés par Bessie, les trois hommes joyeusement apportèrent sur le bureau le contenu du coffre...

— Et voilà ! dit gaiement Bessie... nous avons maintenant sous la main tous les millions de l'oncle Murphy... Nous sommes riches...

— Vous ne le serez pas longtemps ! dit une voix goguenarde...

Le couvercle du coffre à bois brusquement soulevé livra passage à Dugan, qui, un revolver à la main, cria :

— Haut les mains, tous !... ou je vous descends sans hésiter...

Stupéfaits, tous obéirent...

A la mine farouche et décidée du bandit, ils avaient compris que ses paroles n'étaient pas de vaines menaces et qu'ils paieraient de leur vie la moindre tentative de résistance...

Dugan enjamba le coffre.

Il ricana :

— On me croyait pincé... avec les autres... mais je n'ai pas été si bête que d'aller me livrer aux soldats et aux policiers... J'ai choisi une bonne cachette et j'ai, là, attendu tranquillement que notre ami l'Aigle ait bien voulu se donner la peine d'ouvrir le coffre-fort, travail qui m'aurait demandé beaucoup de temps.

« Je l'en remercie, et pour lui témoigner ma reconnaissance, je l'autorise à garder tout ce que je ne pourrai pas emporter.

« Ah ! pas un geste... pas un mot...

Le doigt de Dugan s'était crispé sur la gâchette, appuyait sur la détente et le revolver était braqué sur Bessie qui avait eu l'imprudence de faire un pas en avant.

Tous pâlirent...

— Arrière ! ordonna rudement le bandit... plus loin... plus loin que cela...

« Vous comprenez que je commence à vous connaître et que je ne suis pas précisément disposé à vous faire des gracieusetés.

« Ne craignez pas de tout perdre, je suis malheureusement seul et ne pourrai tout emporter. Vous aurez ainsi le loisir de vous partager ce que je consens à vous laisser et vous pourrez de plus vous féliciter que je vous aie laissés vivants. Allons, au large et ne me le faites pas répéter !...

Dociles, Bessie, Garret, l'Aigle et le docteur reculèrent dégageant le bureau...

Dugan, le revolver toujours braqué, les yeux fixés sur ses ennemis, se baissa, ramassa un grand tapis qu'il porta sur le bureau et sans perdre de l'œil les quatre malheureux amis collés contre le mur, les bras en l'air, il jeta pêle-mêle de sa main gauche tout l'héritage de Murphy sur le tapis.

Dollars, papiers, sacs entassés, Dugan, réunissant les quatre coins du tapis, les maintint solidement dans sa main gauche, tira à lui ce sac improvisé et, reculant vers la porte, le revolver menaçant toujours ses ennemis, il se jeta soudain d'un bond dans le couloir, poussa la porte qu'il ferma à clef, mit son revolver dans sa poche, noua prestement les quatre coins du tapis et détala à toutes jambes avec cette fortune imprévue.

Désespérant de forcer la porte, l'Aigle et Garret à peine hors de la menace du revolver avaient choisi la fenêtre comme moyen le plus rapide de quitter l'hôtel...

Ils sortirent, en s'aidant à descendre du premier étage, se trouvèrent dans la rue et, sans dire un mot, s'élancèrent à la poursuite de Dugan qui, ayant sur eux une avance assez grande, disparaissait à leurs regards dans une des petites rues mal famées de la ville...

Bessie et le docteur Hamilton, restés seuls, se regardèrent consternés...

Comment tout ceci allait-il finir ?

Est-ce que décidément le crime triompherait et Dugan serait-il le possesseur du fabuleux héritage ?...

CHAPITRE XXIII

L'AIGLE FOND SUR SA PROIE

Tandis qu'ils couraient à perdre haleine, Garret proposa à l'Aigle :

— Séparons-nous, et, chacun de notre côté, essayons de mettre la main sur le bandit...

« Si l'un de nous succombe, l'autre peut réussir...

« D'ores et déjà Dugan que nous venons de perdre de vue a dû trouver un refuge que nous découvrirons plus aisément en cherchant chacun de notre côté.

— Oui, dit l'Aigle, ralentissant son allure, et cessons de courir.

« Ce n'est pas par la vitesse que nous aurons Dugan à présent, mais par la ruse...

— Ou par la force, dit Garret.

« Si le coquin me tombe entre les mains, je lui promets une correction sévère avant de le conduire en prison...

L'Aigle sourit...

La force lui paraissait bien inutile et bien dangereuse dans le repaire où Dugan avait dû se réfugier...

Mais il garda pour lui ses pensées et, pendant que Garret désignait une rue, disait :

— Je vais opérer dans ce quartier-ci...

— Et moi dans ces rues-là ! dit l'Aigle qui déjà s'enfonçait dans une ruelle si étroite qu'à peine deux hommes auraient pu marcher de front.

Le détective, avec ardeur, commença ses recherches. Il pénétrait dans les maisons, interrogeait les habitants et n'hésitait pas à employer la menace ou des arguments plus violents lorsqu'il se trouvait devant des gens à mine suspecte qui refusaient de répondre ou l'injuriaient...

Mais son enquête qui dura plusieurs heures ne devait donner aucun résultat...

L'Aigle qui cheminait lentement dans des rues sordides, peuplées d'indigènes et de louches étrangers, avait adopté une tactique différente...

Il n'interrogeait pas, jetait un regard curieux à travers les fenêtres ouvertes, les portes entre-bâillées, et s'excusait s'il était surpris soulevant une porte en poil de chèvre pour regarder à l'intérieur d'une misérable cabane...

Cette façon d'opérer n'eut pas de

meilleur résultat que la méthode employée par Garret...

Un peu découragé, après avoir exploré inutilement plusieurs rues, l'Aigle fatigué entra pour se reposer un instant et se désaltérer dans une sorte de comptoir d'aspect minable où l'on vendait toutes sortes de vieilles choses et où l'on donnait à boire.

C'était un véritable taudis tenant de l'épicerie en ruines, de l'échoppe lamentable d'un fripier et d'un cabaret interlope, si l'on en jugeait d'après la mine des quelques clients qui se faisaient servir à boire devant un bar d'une saleté repoussante...

Ecœuré, l'Aigle, à peine entré, allait se retirer, lorsque son attention fut attirée par la conversation de deux individus à face patibulaire qui buvaient du whisky en pérorant avec animation...

— Non, Johnny, disait l'un, ce ne serait pas honnête... Il faut que j'aille retenir tout de suite sa place sur le bateau l'*Arizona* qui lève l'ancre dans deux heures... Il m'a donné l'argent pour ça et cinq dollars, et il m'en remettra vingt quand je rapporterai le ticket...

— Mais, stupide Bill que tu es, tu aurais plus de bénéfice à garder l'argent de la place et à le laisser se débrouiller tout seul...

Bill était hésitant...

L'Aigle s'approcha, affecta de tourner le dos aux deux hommes, demanda du porto...

Bill, qui venait de réfléchir à la proposition de Johnny, déclara :

— J'avais pensé à ce que tu dis... mais, si je ne lui prends pas sa place, il ne partira pas, et, s'il ne part pas, il se mettra à ma recherche et, je le connais, il paiera mes services d'un bon coup de revolver...

« Tu vois que ça ne serait pas honnête de ne pas aller lui chercher son ticket...

— Le diable l'emporte avec ses manières brutales... Et si tu le dénonçais à la police ?...

Bill s'indigna...

— Je ne fais pas ce métier-là... Johnny, c'est malhonnête ; et puis je ne tiens pas à entrer en conversation avec des policemen... Ce sont des gens mal élevés et curieux... ils veulent savoir ce que vous faites, d'où vous venez... Non... non... Johnny, pas de ça... Et puis, toute la bande n'a pas été pincée... Il y en a qui ont échappé aux soldats... Je me méfie... J'aurais des ennuis... Allons, au revoir, Johnny, je cours à l'*Arizona*... Toi, porte-lui tout de suite la défroque d'émigrant que je viens d'acheter pour lui... Tiens, voilà le paquet...

« Il est généreux, tu récolteras quelques dollars...

Ayant dit, Bill paya et laissa Johnny maugréant s'emparer d'un paquet posé sur une caisse...

L'Aigle n'avait pas bronché...

Mais il était en proie à une joie intense...

L'homme dont parlaient ces deux individus ne pouvait être que Dugan...

Un moment, il eut la tentation de suivre le nommé Johnny qui justement sortait, et de se rendre derrière lui dans le refuge qui abritait le chef du Double-Cercle...

Mais il réfléchit qu'il risquait de tomber au milieu de bandits qui défendraient jusqu'à la mort le redoutable Dugan, lequel, se voyant pris, n'hésiterait pas à tuer l'audacieux qui venait le relancer en son gîte...

Un plan plus simple se présenta à l'esprit de l'Aigle...

Il sortit, se dirigea vers le port...

Le hasard le mit en présence de

depuis la disparition du Double-Cercle, était tous les jours dans son jour de courage...

L'Aigle et Lola étaient présents, souriant aux jeunes mariés, mais chacun d'eux en proie à une grande mélancolie.

Ils pensaient à ce qu'aurait pu être leur vie s'ils avaient épousé, lui, Bessie, elle, son bel Hindou...

Mais cette tristesse qu'ils cachaient soigneusement n'était entachée d'aucune jalousie et c'était sincèrement que tous deux se réjouissaient du bonheur de Justin et de Bessie...

Quelque temps après ce mariage, l'Aigle quitta le pays et l'on n'entendit parler de lui que quelques années après...

Il avait péri dans un voyage au pôle Sud, péri avec le bateau qu'il avait frété pour un grand voyage d'exploration.

Lola a fini par oublier Ali-Pendjed et a épousé Bout d'Homme...

Tom et Nick, associés à Soria, ont agrandi l'Hôtel Watson, le plus bel établissement de tout le pays, et vivent les plus heureuses gens du monde, attendant avec impatience le moment où leurs chers patrons leur enverront une carte ainsi libellée :

« Mr. et Mrs. Garret ont l'honneur de vous faire part de la naissance de leur fille... etc... »

Ce jour-là, les braves cow-boys seront au comble de leur joie.

---

l'officier qui avait dirigé l'attaque contre les bandits à la maison de Murphy et qui, gracieusement, venait s'informer auprès de l'Aigle des suites de la réintégration, dans cette maison saccagée, de la charmante miss et de l'excellent docteur...

L'Aigle s'empressa de répondre aux questions de l'officier, il lui donna rapidement quelques détails sur l'issue de cette bataille et à brûle-pourpoint il lui demanda :

— Pourriez-vous mettre à ma disposition tout de suite une dizaine de vos soldats ?

— Sans doute... pour garder la maison ?

— Non, pour arrêter Dugan, le chef des bandits qui nous a échappé...

— Oh ! en ce cas, je marche avec vous... je tiens à venger mes pauvres soldats...

« Nous n'avons que trop rarement l'occasion de rompre la monotonie de notre existence pour que je ne me réjouisse pas d'une semblable occasion.

« Je me mets à votre entière disposition et je vais donner des ordres pour que les hommes que vous me demandez vous obéissent comme à moi-même.

. . . .

Garret revenu bredouille narrait à Bessie et au docteur Hamilton l'insuccès de ses recherches et leur faisait part de son inquiétude au sujet de l'Aigle, se reprochant de ne pas l'avoir accompagné...

Un grand bruit se fit entendre à l'entrée de la maison...

Garret sortit son revolver, Hamilton le sien...

Bessie inquiète demanda :

— Serait-ce une nouvelle agression ?... Les bandits auraient-ils trouvé le moyen de fuir ?...

— Non, miss, dit une voix joyeuse, les affiliés du Double-Cercle auront au contraire le plaisir de voir bientôt leur chef aller les rejoindre...

« Entrez, Dugan, et rendez ce que vous avez pris, coquin.

Derrière l'Aigle, Dugan, vêtu de sordides haillons, apparut entouré de soldats...

Il tenait dans ses mains le tapis gonflé par la fortune si adroitement dérobée quelques heures auparavant.

— Nous avons réussi à nous saisir de Dugan, dit l'Aigle, au moment où, déguisé en émigrant, il allait s'embarquer sur l'*Arizona*.

« J'étais là, à le guetter, et quand il s'est présenté, se croyant bien déguisé, j'ai fondu sur ma proie avec une telle rapidité qu'il n'a pas eu le temps de se mettre en défense...

Dugan avait jeté le tapis aux pieds de Bessie...

— Vous l'emportez, dit-il haineusement, vous avez été plus forte qu'Eva Darling... Mais puisse cette fortune vous porter malheur à vous et à vos amis !...

On ne le laissa pas continuer...

Entraîné hors de la maison, vingt minutes après il était incarcéré.

La bande dangereuse du Double-Cercle avait vécu...

CONCLUSION

Ce qui arriva à la suite de ces incidents variés, le lecteur le devine aisément.

Bessie Watson devint Mrs. Garret.

A leur mariage assista rayonnant le docteur Hamilton, entouré par les joyeux cow-boys Tom et Nick et Bout d'Homme qui faisaient les honneurs de l'hôtel Watson, car c'est à Dusty Bend qu'avait eu lieu le mirifique repas de noces préparé par Soria, qui,

Imp. R. GIRARD, 4, Rue Régis, PARIS (6e)

www.ingramcontent.com/pod-product-compliance
Lightning Source LLC
LaVergne TN
LVHW012020220826
846092LV00001B/420

* 9 7 8 2 3 2 9 7 5 4 0 7 9 *